外国人のための日本語 例文・問題シリーズ**12**

発 音・聴 解

土 岐 哲
村 田 水 恵
共著

荒 竹 出 版

監修者の言葉

　このシリーズは、日本国内はもとより、欧米、アジア、オーストラリアなどで、長年、日本語教育にたずさわってきた教師三十七名が、言語理論をどのように教育の現場に活かすかという観点から、アイデアを持ち寄ってできたものです。私達は、日本語を教えている現職の先生方に使っていただくだけでなく、同時に、中・上級レベルの学生の復習用にも使えるものを作るように努力しました。
　このシリーズの主な目的は、「例文・問題シリーズ」という副題からも明らかなように、学生には、今まで習得した日本語の総復習と自己診断のためのお手本を、教師の方々には、教室で即戦力となる例文と問題を提供することにあります。既存の言語理論および日本語文法に関する諸学者の識見を無視せず、むしろ、それを現場へ応用するという姿勢を忘れなかったという点で、ある意味で、これは教則本的実用文法シリーズと言えるかと思います。

　従来、文部省で認められてきた十品詞論は、古典文法論ではともかく、現代日本語の分析には不充分であることは、日本語教師なら、だれでも知っています。そこで、このシリーズでは、品詞を自立語では、動詞、イ形容詞、ナ形容詞、名詞、副詞、接続詞、数詞、間投詞、コ・ソ・ア・ド指示詞の九品詞、付属語では、接頭辞、接尾辞、（ダ・デス、マス指示詞を含む）助動詞、形式名詞、助詞、助数詞の六品詞の、全部で十五に分類しました。さらに細かい各品詞の意味論的・統語論的な分類については、各巻の執筆者の判断にまかせました。
　また、活用の形についても、未然・連用・終止・連体・仮定・命令

の六形でなく、動詞、形容詞ともに、十一形の体系を採用しました。そのため、動詞は活用形によって、u 動詞、ru 動詞、行く動詞、来る動詞、する動詞、の五種類に分けられることになります。活用形への考慮が必要な巻では、巻頭に活用の形式を詳述してあります。

　シリーズ全体にわたって、例文に使う漢字は常用漢字の範囲内にとどめるよう努めました。項目によっては、適宜、外国語で説明を加えた場合もありますが、説明はできるだけ日本語でするように心がけました。

　教室で使っていただく際の便宜を考えて、解答は別冊にしました。また、この種の文法シリーズでは、各巻とも内容に重複は避けられない問題ですから、読者の便宜を考慮し、永田高志氏にお願いして、別巻として総索引を加えました。

　私達の職歴は、青山学院、獨協、学習院、恵泉女学園、上智、慶應、ICU、名古屋、南山、早稲田、国立国語研究所、国際学友会日本語学校、日米会話学院、アイオワ大、朝日カルチャーセンター、アリゾナ大、イリノイ大、メリーランド大、ミシガン大、ミドルベリー大、ペンシルベニア大、スタンフォード大、ワシントン大、ウィスコンシン大、アメリカ・カナダ十一大学連合日本研究センター、オーストラリア国立大、と多様ですが、日本語教師としての連帯感と、日本語を勉強する諸外国の学生の役に立ちたいという使命感から、このプロジェクトを通じて協力してきました。

　国内だけでなく、海外在住の著者の方々とも連絡をとる必要から、名柄が「まとめ役」をいたしましたが、たわむれに、私達全員の「外国語としての日本語」歴を合計したところ、五百八十年以上にも及びました。この六百年近くの経験が、このシリーズを使っていただく皆様に、いたずらな「馬齢の積み重ね」に感じられないだけの業績になっていればというのが、私達一同の願いです。

　このシリーズをお使いいただいて、'Two heads are better than

one.'（三人寄れば文殊の知恵）とお感じになるか、それとも、'Too many cooks spoil the broth.'（船頭多くして船山に登る）とお感じになったか、率直な御意見をお聞かせいただければと願っています。

　この出版を通じて、荒竹三郎先生並びに、荒竹出版編集部の松原正明氏に大変お世話になりましたことを、特筆して感謝したいと思います。

1987年　秋

ミシガン大学名誉教授
上智大学比較文化学部教授　名 柄　　迪

はしがき

　これまでの教科書などに見られる発音練習は、主に単音レベルのミニマルペアとアクセントで占められているものがほとんどでした。プロミネンスやイントネーションなど文のレベルでの練習が含まれているものもありましたが、あまり多くはありません。

　その理由のひとつには、単音やアクセントに比べて、イントネーションなどは研究がまだ十分ではないということがあげられます。それに、学習者の負担がいちばん軽いのは、やはりミニマルペアによる発音練習だと信じられていたからでしょう。なるほど「最小対語」を意味し、練習項目を小さな一点に絞って学習しようというこの種の考えは、有効な面も多く、発音練習以外にもいろいろと応用されています。しかし、発音練習に関していえば、単音やアクセントだけが優先されているかに見えるのは、おかしなことです。

　発音練習とは、いったい何のためにするのでしょうか。ひとことで言えば「音声で正確なコミュニケーションを実現させるため」とでもいうことになりましょう。そうするためには、字義どおりのことばのやりとりをしただけでは十分ではありません。自分がいま何をどう考え、どう感じているかまで伝えようとするには、もっとリズムやイントネーションなどについても練習しなければなりません。

　よく、発音の練習は面白くないと言われます。考えてみれば、母国語を話す時とは微妙に違ったやり方で口を開けたり閉じたり、横に引いたりすぼめたり、舌を上げたり下げたりするというのは、筋肉運動そのものです。それを机の前で何度もくり返させられたりしたら、苦痛にさえ感じる人がいたとしても不思議ではありません。もちろん、教師

の人柄や考えによっては多少やり方も違うでしょうが。

　音声学的な素養に恵まれた人は別として、一般に外国語の発音練習には苦労が多いものです。ですから、できるだけいろいろな工夫をして、練習を少しでも面白く、また、せっかく練習したことがすぐにでも役立つようにしたいものです。

　このような考えに一歩でも近づけるために、本書では、アーティキュレーションからではなく、日本語のリズムの練習から始めることにしました。リズム、プロミネンス、イントネーションというふうに進めて行きます。その理由は次のとおりです。

　　1）単音レベルの練習が大切でないとは思わないが、少しでも早く
　　　コミュニケーション能力を身に付けるためには、このような
　　　順序で練習してみる必要があると考えたこと。
　　2）この種の練習項目には、他の言語との間に共通する面もかな
　　　り認められ、さほど難しくない場合もあること。

なお、初歩の段階で既に練習したようなことには、あまり詳しく触れません。

　聴解についても、同じようなことが言えます。本書の聴解練習では、ミニマルペアのような細かい発音の聞き分けなどよりは、場面に応じた情報の汲み取り方の練習に重点を置きました。

　聞き取りがさまざまな状況の下で行なわれるということを考えると、聞き手は雑音の中で、あるいは話し手から離れた所で聞かなければならない場合もあるでしょう。また、話し手の発話はいつも何の問題もなく流れていくというわけでもありません。私達は話す時にいろいろなことを考えます。言いまちがえもします。相手の反応を見ながら言い方を変えることもあります。そして、聞き手もこの流れに参加して、目的とする情報を得ていくわけです。

　聞き取りに必要なものは、文型や語彙だけではありません。社会的・文化的知識も大きな役割を果たしています。そして、聞き手はその知識によって予測しながら聞いています。人の話を途中まで聞いただけでだいたいわかるのは、そのためです。

　本書では、そうしたことも考えて、普通、教科書では取り上げられないようなさまざまな会話例も入れてあります。

　本書の作成には、テキストのみならず、テープの録音など、かなりの時間と労力を必要としました。その間中、辛抱強くお付き合いくださり、こちらの多大な要求に応えようと根気よく録音に協力してくださった方々に、心から感謝したいと思います。

1989年 早春

土 岐　　哲
村 田 水 恵

主要参考文献

Aoki, H. 他 (1984) *Basic Structure of Japanese* Taisyukan

城生佰太郎 (1988)『ことばのリズム』(『月刊言語』Vol. 17, No. 3)

湯山清 (1944)『国語リズムの研究』国語文化研究所

藤田竜生 (1988)『リズム・音感的日本文化論』風濤社

近畿音声言語研究会 (1987)『音声言語II』

天沼寧/他 (1985)『日本語音声学』くろしお出版

日本語教育学会 (1982)『日本語教育事典』大修館書店

国立国語研究所報告18『話しことばの文型(1)—対話資料による研究』
　　(1964) 秀英出版 など

直塚玲子 (1980)『欧米人が沈黙するとき』大修館書店

Brown, Gillian and George Yule (1983) *Teaching the Spoken Language* Cambridge University Press

Ur, Penny (1984) *Teaching Listening Comprehension* Cambridge University Press

目　　　次

第1部　発　　　音 ……………………………………………… 1

使い方と注意　3

第1章　リズムの基本………………………………… 5

1. 音節構造　5
2. リズムの最小単位と文節　6
3. リズムの練習　9

第2章　プロミネンス………………………………19

1. プロミネンスとポーズ　19
2. 表現文型とプロミネンス　21
3. 強調のしかた　22
4. プロミネンスの練習　25

第3章　イントネーション …………………………37

1. アクセントとイントネーション　37
2. イントネーションの種類　38
3. イントネーションの練習　40

第4章　複　合　練　習 …………………………57

第2部　聴　解 ……………………………………………59

使い方と注意　60

第1章　予備練習 ……………………………………61

1. 敬　語　61
2. 促音（小さい「っ」）　62
3. 長音（「う/お」）　63
4. 縮約形　64
5. 音変化　67
6. 総合練習　68

第2章　総合問題 …………………………………69

1. 病院で　69
2. いろいろな店で　72
3. け　が　74
4. 家捜し　75
5. 築　地　78
6. 苦　情　80
7. 天気予報　81
8. 旅行(1)―計画　83
9. 旅行(2)―民宿の予約　85
10. 旅行(3)―時刻表　87
11. 旅行(4)―JR窓口　89
12. 旅行(5)―新幹線　90
13. 犯人捜し　91
14. 引っ越し　94

付録―天気予報でよく使われる語彙　96

テープスクリプト　99

別冊解答 ……… 巻末

第1部　発　　音

使い方と注意

1. 内容の説明

1) 本書では、リズムの練習、プロミネンスの練習（強調の練習も含む）、イントネーションの練習の順に並べてあります。

2) アクセントについては詳しく述べませんでしたが、プロミネンスやイントネーションの練習に含めてあります。

3) その他、細かい発音など初級の段階で練習したはずのことには触れていません。

2. 練習について

1) 練習は、目で見ても発音の仕方がだいたい分かるように工夫して書いてありますが、まず、テープを聞いて確かめてください。
   ■ 印は、「ここでテープを聞きなさい」という指示です。

2) 自分の発音を録音してテープの発音と聞き比べてください。

3) 聞き比べてみても違いがよく分からないときは、日本語のうまい人に自分の発音を聞いてもらって、日本語らしく聞こえたかどうか、たずねてください。

4) 各章とも、まず、簡単な説明から始まっていますが、必ず声を出して確かめながら読んでください。

5) 練習は、「予備練習」、「練習」、「応用練習」の順になっていて、発音練習の最後に、第4章として「複合練習」があります。

  a. 「予備練習」は、短く単純な練習になっています。テープをよく聞いて何度もくり返し、練習項目の発音の仕方に慣れてください。

　　b.「練習」では、「予備練習」で練習したことをいろいろ組み合わせ、短いものから順に「会話」の形で練習できるようになっています。

　　c.「応用練習」では、それまで練習してきたことを発展させ、少し考えながら自分で使ってみてください。うまくできなかったら、もう一度「練習」か「予備練習」にもどってください。

　　d. 最後の「複合練習」は、1章から3章までに練習してきたことをいちどに重ねてみようというものです。部分的にうまくできないところがあったら、一度それに当たる「予備練習」か「練習」にもどってください。

　6）書き方（特殊例）の原則は次の通りです。

　　a.「えー、えーと」（ひとりごと的）↔「ええ、いいえ」（返事）

　　b.「ニー、ゴー」（リズムのために長くなった）↔「キュウ、ジュウ」（もともと長い）

　　c.「コン　ニチ　ワ」（リズムのために分けて書く場合）

3.　テープの使い方

　くり返す場合：　練習したい所のテープの声を聞き終わったら、次の声が聞こえてくる前にくり返してください。すぐにくり返すことができなかったら、テープを止めてからくり返します。

　うまくできたら先に進みますが、できなかったらもう一度テープを巻きもどして聞き直し、くり返します。

　同じ所を何度もくり返して聞きたい時は、たいていのテープレコーダーの場合、play/forward の状態のままで、rewind/review を少しだけ押すと簡単にくり返して聞くことができます。

　答えを考えて作る場合：　自分が答える番になったら、テープを止めて答えを言います。チェックを頼める人がいたら、進んでチェックしてもらいましょう。

第1章　リズムの基本

第1節　音節構造

　リズムの練習に入るためには、音節について考えておくことが必要である。日本語の音節については、いろいろな考えがあるが、ここでは次のように考えることにする。

音節のいろいろ

音節の種類	音節構造			音節数	拍数	例
短音節（S）	母音	：	V	1	1	イ(胃), エ(絵)
	子音＋母音	：	C V	1	1	キ(木), メ(目)
	半母音＋母音	：	SVV	1	1	ヤ(矢), ワ(輪)
	子音＋半母音＋母音	：	CSVV	1	1	ショ(書),チャ(茶)
長音節（L）	母音＋特殊拍	：	V ⎫	1	2	オン,アッ,エー,アイ
	子音＋母音＋特殊拍	：	C V ⎪ N Q R V'	1	2	パン, サン, ゼン
	半母音＋母音＋特殊拍	：	SVV ＋	1	2	ヨッ, ワッ, ヤッ
	子音＋半母音＋母音		CSVV ⎬	1	2	ケー, ユー, キョー
	＋特殊拍	：	⎭	1	2	コイ, ワイ, ヒョイ

＊記号の説明――V：母音；　C：子音；　　SV:半母音(y,w)；
　　　　　　　　N：撥音(ン)；　Q：促音(ッ)；　R：長音(ー) {この3つが特殊拍；
　　　　　　　　V':ai,oi,uiなどの2番目の母音に当たる部分 {特殊拍に準じる}

　さて、日本語のリズムの基本は、S（短音節）ならば2つ、L（長音節）ならば1つ、つまり2拍分でひとまとまりとする。そして、それらが文節毎に1つのグループを形成していると考えられる。

第2節　リズムの最小単位と文節

　「こんにちは」という挨拶ことばは、1つの文節が文になったもの
と考えられるが、これは次のようなリズムで話される。

　リズムを強調して読むと、

　1)　コン　ニチ　ワ
　　　　 L　　SS　 S-

ここで、「ハ」の部分はSが1つになっているが、この「•」には、前か
後に1拍分のポーズ「-」を付けて調節する。

　「おげんきですか」は、

　2)　オ　ゲン　キ　デス　カ
　　　 -S　 L　 S-　SS　 S-

のようになって、文節頭の「•」ではSの前に「-」が付けられ、

　　　オゲ　ンキ　デス　カ

とはならない。

　このように、リズムのまとまり方には規則があるからおぼえておく。

　規則1：それぞれの文節の中では、SSよりもLのまとまりの方が優
先され、リズムを整えるためには、

　3)　ニ　ホン　ゴノ　レン　シュウ　ト

　　　 エー　ゴノ　レン　シュウ　ガ

のようになって、

ニホ　ンゴ　ノレ　ンシュ　ウト　……

のようにはならない。

　　次の文は文節ごとに区切ってある。それぞれの文節の中の「L」を
〇で囲みなさい。

- -

　　4)　きのう　がっこうの　そばの　きっさてんで　コーヒーを
　　　　のみました。
　　　　（ヒント：　ーう、ーっ、ーん、ーー　などをさがす）

- -

　規則2：「L」に「S」が挟まれてしまったような場合や「S」の直
後に文節の切れ目がある場合には、

　　5)　ソウ　ダ　ロウ　ト　#　オ　モイ　マス。

のようになる。つまり、これから発音しようとする文節に「L」が含ま
れているかどうかをまず予測し、「ことばとしてのまとまり」を考え、
それによって「⌣　⌣　⌣」とか「・⌣　⌣　・⌣」のような組
み合わせによる「リズムの型」が決められる。

　規則3：文節の中に「L」がなく、ことばの構成が特にはっきりして
いなければ、原則として前から順に「SS　SS…」とする。

　　例：アタ　マガ　イタ　クテ

　　読者の中には、これまで「コンニチワ」のように、1拍ごとにいち

いち手拍子を打って練習してきた人もいるかも知れないが、これでは
ゆっくり発音したときにしかできないし、現実的ではない。本書では、
手拍子を「L」または「SS」に対して大きく1つ、Sに対しては小さ
く1つ打つようにする。

　例えば、

　　［コン　ニチ　ワ］は
　　　tan　tan　ta
　　［オ　ゲン　キ　デス　カ］は
　　　ta　tan　ta　tan　ta

のようにする。

　数字の読み方はどうか。数字には、2（「ニ」と読む場合）、4（「シ」
か「ヨ」と読む場合）、5、9（「ク」と読む場合）などのように1拍で発
音されるものと、1、3、6、7、8、10などのように2拍で発音されるも
のがある。

　規則4： 数字が、時間、日付け、住所に付いた番地、あるいは、1つ
のことばとして特別な意味を持っている場合には、規則1、規則2と同
じような読み方をする。

　　6）ジュウ　ゴヤ、

　　　ニ　ジュウ　ニ　サン　サイ、

　　　サン　ビャク　ロク　ジュウ　ゴ　ニチ、

　　　シチ　ゴ　サン

　規則5： 電話番号や銀行の口座番号などのように単に数字を並べただ
けの場合には、1拍で発音される数字が長音のように2拍分の長さで発

音されることが多い。

　例えば、245-9254という電話番号があった場合

7)　ニー　ヨン　ゴー　ノ　・　キュー　ニー　ゴー　ヨン、または、

　　ニー　ヨン　ゴノ　＃　キュー　ニー　ゴー　ヨン

のようになる。

第3節　リズムの練習

日本語のリズムの基本を練習しよう。

■■ Tape 1, Side A　　　　　**予備練習 1**

　Lまたは SS（‿）を "L"、S（・）を "S" とすると、次のことばはどこがLでどこがSになるか。（＊「や￣はアクセントの高いところを示す線。＊＊────の点線はそのまま高く発音してもよいところ。）

　1. 次のことばの下にLか‿、またはSか・を書きなさい。
　2. 声を出して読みなさい。

1番　1. ほん＊や　2. こんど　3. へんじ　4. なんで

　　　5. かんじ

2番　1. はつおん　2. トンネル　3. せんえん　4. はんぶん

　　　5. かんたん

3番　1. にほんのゆうじん＊＊　2. ごうけいよにん

3. こうこうにねん　　4. りょかんのサービス

5. かんたんなすうじ

4番　1. にほんごのかいわ　　2. なんじかんぐらい

3. 4にんで2まんえん　　4. 3ねんめのけいかく

5. ごぜん1じじゅうごふん
　　　　　（いちじ）

5番　1. しんかんせんのスピード　　2. 4まん9せんえん

3. 8ねんかんのべんきょう　　4. くうこうまで3じかんはん

5. 3まん5せんにんしょうたい

　　　予備練習 2

1. 次のことばの下にLか⌒、またはSか・を書きなさい。
2. 声を出してよみなさい。

1番　1. りっぱ　　2. いっぽ　　3. きって　　4. いった

5. いっこ

2番　1. いっかい　　2. いっそく　　3. いっさつ　　4. にっぽん

5. いっぱい

3番　1. は￣ってん　　2. い￣ったい　　3. し￣っかり　　4. け￣っこん

　　　5. は￣っけん

4番　1. い￣っせんま￣ん　　2. い￣っしょうけ￣んめい

　　　3. しゅ￣っぱつじ￣かん　　4. さ￣んじっぷ￣んかん

　　　5. ひゃ￣くえんき￣って

5番　1. い￣っさつはっせんえん　　2. い￣っぷんかんにろっかい

　　　3. い￣っぽんのほそ￣いい￣と　　4. い￣っかいだけのし￣っぱい

　　　5. い￣ってかってきたい￣ほん

📼 Tape 1, Side A　　　　予備練習 3

　LまたはSS（￣）を "L"、S（・）を "S" とすると、次のよ
うなリズムの型に分けられる。声を出して練習しなさい。

　1番　LLL 型:
　1. れ￣ん　しゅ￣う　です。　　2. せ￣ん　せ￣い　です。
　3. ま￣ん　ね￣ん　ひつ　　4. きょ￣う　しつ　です。
　5. べ￣ん　きょ￣う　です。
　2番　LLS 型:
　1. こ￣ん　に￣ち　は。　2. こ￣ん　ば￣ん　は。
　3. きょ￣う　です　か。　4. に￣ち　よ￣う　び

5. どう して も

3番　LSL 型:

1. そう で しょう。　2. どう だ ろう。

3. あり ま せん。　4. ほん で しょう。

5. ばん ご はん

4番　SLL 型:

1. じ かん です。　2. ご はん です。

3. い たい です。　4. こ しょう です。

5. は らい ます。

5番　SLS 型:

1. に ほん ご　2. ど よう び　3. じ てん しゃ

4. あ さっ て　5. デ パー ト

■■ Tape 1, Side A　　　予備練習 4

もう少し長くしてみよう。

1番　L……L:

1. きょう しつ から です。

2. せん せい から です。

3. まん ねん ひつ など です。

4. べん きょう ちゅう です から。

5. いま、れん しゅう ちゅう です から。

2番　L…LS:

1. あし たは どう です か。

2. そう だと いい ました。

3. いつ でも でき ます よ。

4. いつ から がっ こう です か。

5. ここ でも べん きょう でき ます か。

3番　LLSLL…:
1. おは　よう　ご　ざい　ます。
2. もう、　ばん　ご　はん　です。
3. もう　いち　ど　いい　ます。
4. しゅく　だい　が　あり　ます。
5. この　でん　わ　ばん　ごう　です。

4番　SL…L:
1. じ　かん　です　から。　　2. み　たい　もの　です。
3. こ　しょう　して　ます　ので。
4. じゅ　ぎょう　ちゅう　です　けど。
5. オ　リン　ピッ　クが　あり　ます。

5番　LSLSL…:
1. あの　じ　てん　しゃ　です。
2. そう　じゃ　ない　で　しょう。
3. もう　ど　よう　び　です。
4. また　も　どっ　て　くる。
5. この　ア　パー　ト　でも　いい　です。

📼 Tape 1, Side A　　　　練　習　1

会話のかたちで練習してみよう。AもBも同じリズム型（LLS）である。

1. A：なん　です　か。　　B：ほん　です　よ。
2. A：いつ　です　か。　　B：きょう　です　よ。
3. A：どう　です　か。　　B：いい　です　よ。
4. A：だれ　です　か。　　B：かれ　です　よ。
5. A：こう　です　か。　　B：そう　です　よ。

■■ Tape 1, Side A　　　　　　　練　習　2

こんどは、LSLS の型でやってみよう。

1. A： いつ　で　しょう　か。　　B： ごご　で　しょう　ね。
2. A： どう　で　しょう　か。　　B： いい　で　しょう　ね。
3. A： だれ　で　しょう　か。　　B： かれ　で　しょう　ね。
4. A： そう　で　しょう　か。　　B： そう　で　しょう　ね。
5. A： ある　で　しょう　か。　　B： ない　で　しょう　ね。

■■ Tape 1, Side A　　　　　　　練　習　3

（＊「どう」は「ドオ　オ」のように発音する。）

1. A： りょ　こう、どこ　に　する。
   B： そう　ねえ、きょう　とは　どう。＊
2. A： りょ　こう、いつ　に　する。
   B： そう　ねえ、さん　がつ　は　どう。
3. A： りょ　こう、どう　する。
   B： そう　ねえ、やめ　よう　か。
4. A： ハイ　キン　グ　どこ　に　する。
   B： そう　ねえ、ふじ　さん　は　どう。
5. A： こん　どの　ピク　ニック、どん　な　とこ　ろに　する。
   B： そう　ねえ、どこ　かの　かい　がん　に　し　ない。

■■ Tape 1, Side A　　　　　　　練　習　4

1. A： どう　した　の。
   B： ええ、おな　かが　ちょっ　と。
2. A： どう　した　の。
   B： ええ、ちょっ　と　ねつ　が　ある　ん　です。

3. A：どうしたんですか。
   B：ええ、さっきからあたまがいたくて。
4. A：どうしたんですか。
   B：ええ、どうもかぜをひいたらしくて。
5. A：どうかしたんですか。
   B：ええ、ゆうべからのどがいたくて。

🔊 Tape 1, Side A　　　　　練　習　5

（＊「〜たい」も「いん」も "L" の資格を持つが、二つ重なると「いん」の方が優先される。）

1. A：あのう、ちょっとおうかがいした＊いんですけども。
   B：はい、どんなことでしょうか。
2. A：あの、ちょっとおうかがいしたいんですけども。
   B：はい、どんなことでしょう。
3. A：あの、ちょっとうかがいたいんですが。
   B：はい、なんでしょうか。
4. A：あの、ちょっとうかがいますが。
   B：はい、なんでしょう。
5. A：あの、ちょっとよろしいですか。
   B：はい、どうぞ。

🔊 Tape 1, Side A　　　　　練　習　6

（＊と＊＊で「二」の長さが違っているが、これは文全体の中に軽い部分と重要な部分があるためだと考えられる。）

1. A：げんじゅうしょのでんわばんごうは。

B：はい、えー と、ニー サン ハチ ノ ヨン ゼロ
ニー ゴー です が。

2. A：えー、お でん わ ばん ごう は。

B：はい、ゼロ サン ノ ニー サン ハチ ノ サン ナナ
イチ キュウ です。

3. A：あの、でん わ ばん ごう を おね がい し ます。

B：はい、えー と ゼロ イチ ニノ* キュウ ナナ
ニー ノ** ゴー イチ イチ イチ ノ ない せん
ヨン ハチ キュウ ゴー です。

4. A：がく せき ばん ごう は なん ばん です か。

B：エフ ノ ゼロ ナナ ゴー ロク イチ です。

5. A：あの、ぎん こう の こう ざ ばん ごう を
お うか がい でき ます か。

B：はい、ちゅう おう ぎん こう もと まち し てん、
ふ つう こう ざの イチ ヨン ゴー ニー
サン ロク キュウ です。

6. ［自分の電話番号や郵便番号を言ってみよう。］

■■ Tape 1, Side A　　　　練 習　7

　今度は、第2部「聴解」の総合問題の中から「縮約形」などで形
が変わったところを取り上げて練習してみよう。

1. まち がえ ちゃ だめ です よ。（まちがえては）
2. じみ なん じゃ ない。（じみなのでは）
3. つれ てって あげ たい。（つれていって）
4. あっ た かい かも しれ ない。（あたたかい）
5. おね がい しちゃ おう か。（してしまおう）
6. おき られ なく なっ ちゃっ たん だ から。

（なってしまったのだ）

7. はっ　ぶん　のに　の　るっ　て　こと　に　しと　こう　か。
（のるということにしておこう）

　　　　　　応用練習1

　　まず、次の質問に対する答えをかなで書き、その下に「＼＿・＿／」のようなしるしをつけなさい。次に、その文を声に出して練習しなさい。それからテープに合わせて練習しなさい。近くに練習相手がいたら、AとBを交代で言ってみよう。

1. A：すい　ま　せん。いま　なん　じで　しょう　か。
   B：
   ＿＿＿＿＿＿＿＿＿＿＿＿＿＿＿＿＿＿＿＿＿＿

2. A：あ　のう、あさ　なん　と　いっ　て　あい　さつ　し
   　　ます　か。
   B：
   ＿＿＿＿＿＿＿＿＿＿＿＿＿＿＿＿＿＿＿＿＿＿

3. A：かぜ　を　ひい　た　とき　は　いつ　も　どう　して
   　　ます　か。
   B：
   ＿＿＿＿＿＿＿＿＿＿＿＿＿＿＿＿＿＿＿＿＿＿

4. A：ふ　だん、べん　きょう　し　ない　とき　は　どん　な
   　　こと　を　す　るん　です　か。
   B：
   ＿＿＿＿＿＿＿＿＿＿＿＿＿＿＿＿＿＿＿＿＿＿

5. A：けさ　おき　て　から　いま　まで　に　だれ　と　だれ

に あい まし た。

B：

___

📼 Tape 1, Side A　　　　**応 用 練 習 2**

　第2部「聴解」の会話文の一部に「﹅」か「・」を書き入れ、声を出して練習しなさい。（〔　〕はあいづち・短い応答）

店員：いらっしゃいませ。
てんいん

客 ：この……ねえ、Aランチください。
きゃく　　　　　　　（エエランチ）

店員：はい、パンとライスと、どちらにいたしましょう。

客 ：ごはんください。

店員：はい、ライスでございますね。〔ええ〕おのみものは。

客 ：んー、コーヒーください、アメリカンで。

店員：はい、かしこまりました。しょうしょうおまちくださいませ。

第2章　プロミネンス

Tape 1, Side A　　**第1節　プロミネンスとポーズ**

次の二つの文を比べてみよう。

例文1)　あのひとはやまださんです。

例文2)　あのひとがやまださんです。

助詞の「は」と「が」の違い(ちが)を除けばまったく同じように見える文であるが、これを発音した場合はどうなるだろうか。

前後に何も文脈(ぶんみゃく)がなくて、ただその一文だけが発音されるというようなことはない。上の例文1も、実は、前後の関係がわからなければどう読んでいいかわからないはずである。そこで、具体的にどんな場面で話された文であるかを考えてみよう。（＊一つの漢字に2拍(にはく)以上のふりがながつく場合のアクセント記号。「遠くて」は［トオクテ］、「月曜」は［ゲツヨウ］と同じ。）

会話の例1

A：　あそこに男の人がいますね。

B：　ええ。

A：　あの人は、だれですか。

B：　遠＊くてよく見えないけど、あの人は……ああ山田さんです。

A：　……山田さん。

B：　そう。

会話の例2

A：　あのう、山田さんて方いますか。

B：　ええ、あそこにいますよ。

A：　えーと……どの人ですか。

B：　ほら、あそこで女の人と話している人がいますね。

A：　ええ。

B：　あの人が山田さんです。

A：　ああ、そうですか。どうも。

B：　いいえ。

　会話の例1では、まずAさんが「男の人」を「あの人は」と言っている。次に、Bさんが「あの人は」と言うが、その時点でBさんの答えはまだはっきりしていない。「えーと、あの人は……」と考えながら、ひとりごとのように言っている。そのうちに「あの人」が「山田さん」であることに気付いて「ああ……」と続くが、そこまではある事柄を伝えるためのはっきりしたことばは出されない。ポーズが入っても不思議ではないわけである。

　そして、最後に「山田さん」であることがわかり、「山田さんです」を際立たせて言うことになる。

　ただし、このようなことばの組み合わせにも例外はある。

　二人の人物を指差しながら、

例文3）　あの人は田中さんで、あの人は山田さんです。

と言った場合には、情報の適用範囲を限定させる必要から双方の「あの人」を際立たせる。

　会話の例2では、「あの人が」がそのまま「どの人」に対する回答の核になっている。そこで、ここを際立たせる。次の「山田さんです」は、Aさんが質問したときのことばをくり返しているだけで、あまり重要ではない。直前にわざわざ息継ぎのポーズを入れて呼吸を整える必要もない。

　この2つの例を比べてみて気付くことは、プロミネンスが置かれる文節の直前にポーズを入れることが多いということである。

　なお、特殊な場合を除けば、強調される文節の中で強く発音されるのは主に動詞や名詞などの自立語であって、助詞や助動詞などの付属語ではない。

▶▶ Tape 1, Side A　第2節　表現文型とプロミネンス

　今度は、表現文型との関係で考えてみよう。

　例文1）　あの人がうまいのは、テニスではなくてゴルフです。

下線の部分が最も重要なところである。前半に「うまいのは」とあるから、この発話の前に「なにがうまいのか」が話題になっていたことがわかる。「あの人がうまいのは」は、前の文のくり返しだから、弱く発音される。

　後半が重要だとは言っても、その中では強さに少し差がある。「テニスがうまそうだ」という話も前もって出ていたはずだから、「…ではない」のところよりも、「…です」のところの方がより際立てを必要とする。それをうまく言い表すには、下線の部分をすべて一気に言ってしまうのではなく、「ゴルフ」の前にポーズを入れると効果的である。

　例文2）　きょうは、火曜日です。月曜じゃありません。

これも、基本は前の文と同じことである。この発話の中心は「火曜日です」で、「火曜日」が強く発音され、後半の「月曜日」は少し弱く発音される。

　例文3）　あの人、時間があれば行くそうです。
　例文4）　その本、内容がよければ買いますよ。

「行く」かどうか、「買う」かどうかが条件によって決まるという場合には、その条件節が強められることになる。

　　例文5）　わたし、時間がありませんから、行きません。

「行く」か「行かない」かが話題になっているときに、このように「時間がありませんから」と理由を言われれば、それだけで、次に「行かない」という意味内容のことばが来ることは明らかである。であるから、「行きません」の部分は強調されないし、「……」のように省略してしまうこともできる。

　　　　ただし、「…から」までが考え中で「ひとりごと」のようになった場合には、「行きません」が結論となり、強くなる。

　　　　このように、第1節の例も含めて、簡単な文型では、ほぼプロミネンスの位置がさだまっていると言えるが、全ての文型がそうだとは残念ながら言えない。多くはその場面や表現意図によって変わる。であるから、学習者にとって大切なのは、自分でここを際立たせたいと思ったときに、どんな方法を使えばよいかを身に付けておくことである。

📼 Tape 1, Side A　　　第3節　強調のしかた

　　ひとくちに「強調する」と言ってもいろいろな方法がある。ある文節を他のものより目立たせるためには、聞き手が音声の流れの中に何らかの変化を感じるようにする必要がある。
　　では、どのような変化のさせかたがあるだろうか。次の例を見てほしい。

　　例文1）　わたし、ほんとうに　こまります。

この文には、表現意図によって「ほんとうに」を目立つようにする場合と、「こまります」を目立つようにする場合が考えられる。困るかどうかを話題にしたいときには「こまります」が、困ることは分かっていてその程度を話題にしたいときには「ほんとうに」が、目立つように発音されることになる。

　「ほんとうに」を強調するのには次のような方法がある。

強調の例1　「ほんとうに」

　a. ホン　トー　ニ　：「とう」が強く、長くなる。

　b. ホ　ンー　トニ　：「ん」が強く、長くなる。

　c. ンー　トニ　　　：「ほ」がほとんど聞こえず、「ん」が強く、長くなる。

　d. ホンッ…トニ　　：「ほん」がつまった音になってつぎに無音となり、「とに」で普通の声となる。

　e. ンッ…トニ　　　：「ほ」が聞こえず「ん」がつまってポーズのようになる。

　f. …トニ　　　　　：「とに」だけがささやき声で聞こえる。

聞こえの点から考えれば、声がいちだんと大きくなるのはa、b、cの3例であるが、d、e、fの3例は、声がつまったり、ささやき声になったりで、むしろ聞き取りにくくなってしまう。しかし、これも「強調」のひとつになっていることを忘れてはならない。

　次に、「こまります」が強調されるとどうなるであろうか。

強調の例2　「こまります」

　a. コマリマス　　　　　：アクセントの高さにそって声も強められる。

　b-1. コ、マ、リ、マ、ス：全体がやや高めになって、そこだけゆっくりしたペースで発音される。

　　　b-2. コ、マ、リ、マ、ス　　　　　：ゆっくりしたペースで強いささやき
　　　　　　　　　　　　　　　　　　　声にする。

　このように、特殊拍（長音、促音、撥音など）がないところでは、
そのままアクセントの高い部分にそって強めるか、ペースを変えるか、
急に強いささやき声にするしかない。

　　例文2）　たいへん　よかった。

「たいへん」が強調された場合のことを考えてみよう。

強調の例3「たいへん」

　　a. タ　イー　ヘン　　：「い」が強められて長くなる。
　　b. タイ　ヘーーン　：「いへ」が強められ「へ」の母音が長くなる。
　　c. タイッ…ヘン　　　：「たい」がささやき声でつまった音になって
　　　　　　　　　　　　　次に無音となり「へん」で普通の声にもど
　　　　　　　　　　　　　る。
　　d. ターイヘン　　　：それほど強くはないが全体的に高めになり、
　　　　　　　　　　　　　「タ」の母音が長くなる。

「よかった」が強調された場合は、アクセント（「よ」のみ高い）の
型にそって次のようになる。

強調の例4「よかった」

　　a. ヨ　カッタ　　　：「よ」が高く、強く、やや長くなる。
　　b. ヨ　カッター　　：全体がささやき声でやや強く、ゆっくりし
　　　　　　　　　　　　　たペースになる。

では、テープを聞いて上の「ほんとうに」「こまります」「たいへん」
「よかった」の練習をしてみよう。

第 4 節　プロミネンスの練習

　　文の中のある文節を目立つようにする場合、声を大きくするにして
も、ささやき声にするにしても、発音する側の意識としては、その語句
によって決まっているアクセントの型を崩すことはない。アクセントの
型については、たいてい初級の本に書いてあるから、ここであらためて
説明はしない。しかし、ここの練習ではアクセントの型のことをとくに
考えに入れて示すことにする。

📼 Tape 1, Side A　　　　　　予備練習 1

　　疑問詞のアクセントは全て第 1 音節が高いが、これを含む文は、必
ずその疑問詞が強く発音される。なお、特に「強さアクセント」のこと
ばを母語としている人は、強く発音するよりも高く発音するようにした
ほうが効果的である。
　　声を出して練習しなさい。

```
1番  1. なん です  か。      2. いつ です  か。
     3. どこ です  か。      4. だれ です  か。
     5. どう です  か。
2番  1. なん でし たか。     2. いつ でし たか。
     3. どれ でし たか。     4. だれ でし たか。
     5. どう でし たか。
3番  1. なん だっ た。       2. いつ だっ た。
     3. どこ だっ た。       4. だれ だっ た。
     5. どう だっ た。
4番  1. なん で しょう か。  2. いつ で しょう か。
     3. どれ で しょう か。  4. だれ で しょう か。
```

　　　5.　どう　で　しょう　か。
　5番　1.　なん　だっ　たで　しょう　か。
　　　2.　いつ　だっ　たで　しょう　か。
　　　3.　どこ　だっ　たで　しょう　か。
　　　4.　だれ　だっ　たで　しょう　か。
　　　5.　どう　だっ　たで　しょう　か。

📼 Tape 1, Side A　　　　予備練習2

　　今度は疑問詞の前に文節がある場合を練習しなさい。
（ノ：上昇のイントネーション。）

　　1番　1.　これ　いく　ら　です　か。
　　　　2.　それ　いつ　から　です　か。
　　　　3.　いま　なん　じ　です　か。
　　　　4.　かれ　なん　さい　です　か。
　　　　5.　それ　どう　して　です　か。
　　2番　1.　みん　なで　いく　つ　あり　ますノ。
　　　　2.　ぜん　ぶで　いく　ら　ですノ。
　　　　3.　これ　から　どう　しま　すノ。
　　　　4.　おひ　るは　なん　に　しま　すノ。
　　　　5.　よむ　のは　どっ　ち　から　ですノ。

　　ここからは特殊拍を長くのばす練習も加えてみよう。

　　3番　1.　きょうはなんーでもいいです。
　　　　2.　あしたはどんーなことでもします。
　　　　3.　わたしはどっ…ちでもいいです。
　　　　4.　わたしはどうーにでもなります。
　　　　5.　ひまさえあったらなんーどでもいきたいですねえ。

次は強調の結果、特殊音節が現われたようになる場合の練習である。

4番　1. これからはいつつでもあえますよ。

　　　2. ちずがあればどっこへだっていけますよ。

　　　3. おかねはあるからいっくらのんだっていいですよ。

　　　4. あのひとがどれっくらいがんばったかしらないでしょ。

　　　5. うーん、しかしまあ、かれはどっからみても
　　　　　おんなですねえ。

次は疑問詞が文末に来た場合の練習である。

5番　1. こんどかいぎがあるのはなんにち。

　　　2. あそこにたってるのはだあれ。

　　　3. さっきはなしてたレストランはどう。

　　　4. あしたはっぴょうするのだれとだれ。

　　　5. せんせいになおされたとこは、どことどこ。

📼 Tape 1, Side A　　　　　　予備練習3

太い字のところを際立てるように読みなさい。

1番　1. きょうは　きっと　できますよ。

　　　2. きょうは　きっと　できますよ。

　　　3. きょうは　きっと　できますよ。

2番　1. あのひとは　にほんごが　うまいですよ。

　　　2. あのひとは　にほんごが　うまいですよ。

　　　3. あのひとは　にほんごが　うまいですよ。

3番　1. このみせは　コーヒーが　おいしいです。

　　　2. このみせは　コーヒーが　おいしいです。

　　　3. このみせは　コーヒーが　おいしいです。

4番　1. しんかんせんなら　2じかんで　いけます。

2. しんかんせんなら　2じかんで　いけます。

3. しんかんせんなら　2じかんで　いけます。

5番 1. このとしょかんには　ふるいほんが　たくさんあります。

2. このとしょかんには　ふるーいほんが　たくさんあります。

3. このとしょかんには　ふるいほんが　たくさんあります。

4. このとしょかんには　ふるいほんが　たくさんあります。

■ Tape 1, Side A　　　　　練 習　1

例のように練習しなさい。

例1) A：あの人は　えいがが　すきだそうです。

B：ああ、あの人ですか。

例2) A：あの人は　えいがが　すきだそうです。

B：ああ、えいがですか。

1. A：さかなを　たべると　いいました。

B：ああ、たべるんですか。

2. A：さかなを　たべると　いいました。

B：ああ、さかなをですか。

3. A：さんじの　ひこうきに　のったんです。

B：ああ、のったんですか。

4. A：さんじの　ひこうきに　のったんです。

B：ああ、さんじのにですか。

5. A：さんじの　ひこうきに　のったんです。

B：ああ、ひこうきですか。

■ Tape 1, Side A　　　　　練 習　2

練習1と同じように練習しなさい。

1. A：はやしさんが　くるまに　はねられて　にゅういんしたんで
　　　すって。
　 B：ええっ、にゅういん。

2. A：はやしさんが　くるまにはねられて　にゅういんしたんです
　　　って。
　 B：ええっ、くるまにはねられて。

3. A：はやしさんが　くるまにはねられて　にゅういんしたんです
　　　って。
　 B：ええっ、はやしさんが。

4. A：はやしさんが　きのう　とうきょうで　にゅういんしたんで
　　　すって。
　 B：ええっ、とうきょうで。

5. A：はやしさんが　きのうとうきょうで　にゅういんしたんです
　　　って。
　 B：ええっ、きのう。

📼 Tape 1, Side A　　　　　　練　習　3

練習2と同じように練習しなさい。

1. A：もりさんが　あのしけんに　ごうかくしたって
　　　きいてました↗。
　 B：いいえ。へーえ、ごうかくしたんですか。

2. A：もりさんが　あのしけんに　ごうかくしたって
　　　きいてました↗。
　 B：いいえ。へーえ、あのしけんに。

3. A：もりさんが　あのしけんに　ごうかくしたって
　　　きいてました↗。
　 B：いいえ。へーえ、もりさんが。

4. A： じゅうごさいで だいがく そつぎょうしたこが
　　　いるんですって。
　 B： へーえ、じゅうごさいで。
5. A： じゅうごさいで だいがく そつぎょうしたこが
　　　いるんですって。
　 B： へーえ、だいがくを。

🔲 Tape 1, Side A　　　　**練 習 4**

次の練習をしなさい。

1. A： あしたは くじからじゃなくて はちじからですよ。
　 B： はい、はちじからですね。
2. A： いすは じゅうごじゃなくて じゅうはち よういしてくだ
　　　さい。
　 B： はい、じゅうはちですね。
3. A： あそこのかどを みぎじゃなくて ひだりへ
　　　まがるんですよ。
　 B： はい、ひだりへですね。
4. A： でんしゃは のぼりじゃなくて くだりに のってください。
　 B： はい、くだりですね。
5. A： きょう あつまるのは としょしつじゃなくて けんきゅう
　　　しつですよ。
　 B： はい、けんきゅうしつですね。

🔲 Tape 1, Side A　　　　**練 習 5**

次の練習をしなさい。

1. A： あしたの かいは にじからですね。
　 B： いいえ、にじじゃなくて、いちじですよ。

2. A： きょう　あつまるのは　ごにんでしょう。

   B： いいえ、ごにんじゃ　なくて、じゅうごにんですよ。

3. A： せんせいの　けんきゅうしつは　ごごうかんでしょう。

   B： いいえ、ごごうかんじゃ　なくて、ろくごうかんですよ。

4. A： ゆうびんきょくは　としょかんの　まえですね。

   B： いいえ、まえじゃ　なくて　うしろですよ。

5. A： せんせいの　けんきゅうしつは　さんじゅうごごうしつでし
   たね。

   B： いいえ、さんじゅうごごうしつじゃなくて、さんじゅう
   ろくごうしつです。

📼 Tape 1, Side A　　　　　　練　習　6

今度はポイントがふたつある練習である。

1. A： まっすぐいって、ふたつめのかどを　みぎにまがってください。

   B： はい、ふたつめを　みぎですね。

   A： ええ。

2. A： あしたは　よじに　としょしつに　あつまるんだそうです。

   B： はい、よじに　としょしつですね。

   A： ええ。

3. A： つぎのじゅぎょうは　さんがいの　ごばんきょうしつですか
   ら。

   B： はい、さんがいの　ごばんきょうしつですね。

   A： ええ。

4. A： このクラスには　じゅうにん、あのクラスには　じゅうさん
   にんいます。

   B： はあ、じゅうにんと　じゅうさんにんですね。

   A： ええ。

5. A：こちらが　はやしさんで、こちらが　やまなかさんです。

　　B：はあ、はやしさんに　やまなかさん。

　　A：はい。

◼◼ Tape 1, Side B　　　　　**応 用 練 習 1**

　1. テープを聞いて、「ああ」の後ろをつづけなさい。

　2. 練習相手がいたらA、Bを交代で言ってみなさい。
　　　　　　　　　　　　　　こうたい

1. A：あの人、あした来るそうですよ。

　　B：ああ、｛ 1.（　　　　　　　　　　　　　　　　）。
　　　　　　　　 2.（　　　　　　　　　　　　　　　　）。

2. A：あしたも授業はありません。

　　B：ああ、｛ 1.（　　　　　　　　　　　　　　　　）。
　　　　　　　　 2.（　　　　　　　　　　　　　　　　）。

3. A：やっぱりパンもたべたいんですって。

　　B：ああ、｛ 1.（　　　　　　　　　　　　　　　　）。
　　　　　　　　 2.（　　　　　　　　　　　　　　　　）。

4. A：あした早く起きたら行くんですって。

　　B：ああ、｛ 1.（　　　　　　　　　　　　　　　　）。
　　　　　　　　 2.（　　　　　　　　　　　　　　　　）。

5. A：今から出発すれば間に合いますよ。

　　B：ああ、｛ 1.（　　　　　　　　　　　　　　　　）。
　　　　　　　　 2.（　　　　　　　　　　　　　　　　）。

◼◼ Tape 1, Side B　　　　　**応 用 練 習 2**

　Aのプロミネンスの位置をBの言い方に応じて変えなさい。

　まず、自分で言ってみてからテープを聞きなさい。

1. A：あの人がきのうこれを書いたんです。

B：　1. ああ、きのうですか。
　　　2. ああ、書いたんですか。
　　　3. ああ、あの人がですか。

2. A：　林さん、朝の4時から仕事をしてるんです。
B：　1. ええっ、仕事をですか。
　　　2. ええっ、朝のですか。
　　　3. ええっ、4時からですか。

3. A：　あの学生も、毎日うちで5時間も勉強してるんですってよ。
B：　1. へーえ、あの学生も。
　　　2. へーえ、毎日。
　　　3. へーえ、5時間も。

4. A：　となりの学生さん、あしたの朝、10時の飛行機で国へ帰るんだって。
B：　1. ふーん、あしたの朝。
　　　2. ふーん、10時の飛行で。
　　　3. ふーん、国へ。

5. A：　林さんも、子供が大きくなってから大学へ行くんですってよ。
B：　1. へーえ、林さんもねえ。
　　　2. へーえ、子供が大きくなってからねえ。
　　　3. へーえ、大学へねえ。

　　　　応用練習 3

Aの言ったことをBが聞き漏らして質問するから、それに答えなさい。

1. A：　あした、森さんが東京へ行くそうです。
B：　1. ええ、いつですって。
　　　2. ええ、だれがですか。
　　　3. ええ、どこへですって。

$$
\text{A} : \begin{cases} \text{1. (} & \text{)。} \\ \text{2. (} & \text{)。} \\ \text{3. (} & \text{)。} \end{cases}
$$

2. A : きょうの1時半から会議室で打ち合わせがあるそうですよ。

$$
\text{B} : \begin{cases} \text{1. あ、すいません。何時からですか。} \\ \text{2. あの、すいません。どこでですか。} \\ \text{3. あの、すいません。何があるんですか。} \end{cases}
$$

$$
\text{A} : \begin{cases} \text{1. (} & \text{)。} \\ \text{2. (} & \text{)。} \\ \text{3. (} & \text{)。} \end{cases}
$$

3. A : あしたの試験があさってに延期されたそうですから、注意してください。

$$
\text{B} : \begin{cases} \text{1. あのう、何が延期されたんですか。} \\ \text{2. あのう、試験がいつになったんですか。} \\ \text{3. あのう、あさってに、どうなったんですか。} \end{cases}
$$

$$
\text{A} : \begin{cases} \text{1. (} & \text{)。} \\ \text{2. (} & \text{)。} \\ \text{3. (} & \text{)。} \end{cases}
$$

4. A : テレビがこわれて見えなくなったんで、電気屋さんへ持って行きますから。

$$
\text{B} : \begin{cases} \text{1. はあ、何がこわれたんですって。} \\ \text{2. はあ、テレビがどうなったんですって。} \\ \text{3. はあ、どこへ持っていくんですって。} \end{cases}
$$

$$
\text{A} : \begin{cases} \text{1. (} & \text{)。} \\ \text{2. (} & \text{)。} \\ \text{3. (} & \text{)。} \end{cases}
$$

5. A : きのうは、えーと、妹と買い物に行って、それから僕ひとりで映画を見て……。

B : {
1. え、えーと、だれと買い物に行ったって↗。
2. え、えーと、妹さんと何しに行ったって↗。
3. え、えーと、買い物に行ってそれから↗。
}

A : {
1. （　　　　　　　　　　　　　　　　　　　　　）。
2. （　　　　　　　　　　　　　　　　　　　　　）。
3. （　　　　　　　　　　　　　　　　　　　　　）。
}

第3章　イントネーション

　第1節　アクセントとイントネーション

　次の (a)、(b) 2つのことばが (1) の段階から (2) の段階に変わるようす
を見てみたい。

(a)　ワタシ：(1)　　ワ￣ タシ ╯　　(2)　￣ タシ →
　　　　　　　　　　　　　　　　　　　　　ワ

(b)　アナタ：(1)　ア￣ナタ ╯　　(2)　￣ ナ タ →
　　　　　　　　　　ナ　タ　　　　　ア　タ

　すべての単語には、(a) や (b) のようなアクセントがついている。日
本語は「単語高さアクセント」といって、ひとつひとつの単語によって
どこからどこまで高くなるかが決まっている。高いところが変わると意
味も変わることがある。

　(a) や (b) の段階では「私」と「あなた」を意味する単語にすぎない
が、(1) の段階では「私（が）ですか?」「あなた（が）ですか?」とい
う疑問の気持ちを込めた文になっている。イントネーションが加わった
からである。(2) では「私（が）ですよ。」「あなた（が）ですよ。」とい
う気持ちを込めた文になっている。ただし、いずれのイントネーション
が加わってもプロミネンスの場合と同様アクセントの型はくずれない。

■■ Tape 1, Side B　　**第2節　イントネーションの種類**

　　ここでは6種類のイントネーションについて練習をすることにする。そのうちの2つは、第1節で紹介（しょうかい）した。つまり、前節の(1)のように

　　A．全体的に高く、文末がやや強い。長く上昇（じょうしょう）する：「長昇」（ながのぼり）〈ノ〉
（＊質問や相手に何かを勧めるとき、何か確認したいときなどに使われ、優しい言い方になるもの。）

　　　1．あります↗。　2．どうぞ↗。　3．そこにあるでしょう↗。

前節(2)のように

　　B．全体的に低く、文末が強くない。長く平らになる：「長平」（ながたいら）〈→〉
（＊応答文一般（いっぱん）などに使われ、落ち着いた言い方になるもの。）

　　同じものを他の例で聞いてみよう。Bの言い方に注目。

　1．A：これから↗。　　　B：ええ、これから→。
　2．A：はちじから↗。　　B：ええ、はちじから→。
　3．A：2じから↗。　　　B：ええ、2じから→。

　　他にどんなものがあるだろうか。

　　C．全体的に高く、文末がやや強い。短く上昇（じょうしょう）する：「短昇」（みじかのぼり）〈↗〉
（＊質問や確認、同意の「よ」などのために使われ、気軽な感じを与える。）

　1．A：いっしょにいく↗。　　B：うん、いくよ↗。
　2．A：かえります↗。　　　　B：ええ、かえりますよ↗。
　3．A：そうですか↗。　　　　B：ええ、そうですよ↗。

D．全体的に低く、文末がやや強い。短く平らになる：「短平」〈→〉
（＊応答文一般に使われ、気軽な感じを与える。下の例ではBの言い方。）

1．A： はたらく ↗。　　B： うん、はたらく →。
2．A： はたらく ↗。　　B： いや、はたらかない →。
3．A： はなします ↗。　B： ええ、はなします →。

E．全体的に低く、文末が弱い。長く降りる：「長降」〈↘〉（＊不満が
あったり、何かがわかってがっかりしたときに使われる。積極的ではないように
感じる。）

1番 1．A： きらい →。　　　　B： そう、きらい ↘。
　　 2．A： わからない →。　　B： そう、わからないの ↘。
　　 3．A： こないんですって →。
　　　　 B： そうですか ↘。こないんですか ↘。

　疑問や、相手に何かを勧めるとき、「長昇」〈↗〉の方が優しい言
い方になる。

2番 1．行きましょう ↘。　：　行きましょう ↗。
　　 2．どうして ↘。　　　：　どうして ↗。

何かを発見したり、気がついたりしたとき。

3番 1．あぁ、ここにありますね ↘。
　　 2．あぁ、らいしゅうのげつようびは、やすみですね ↘。

F．全体的にやや高く、長く平らでだんだん弱くなる：「弱平」〈…〉。
「長平」の一種だが大変弱く、ひとりごと的。（＊遠慮がちに質問したり、
相手の期待に反することを言ったり、相手に何か言わせようとして話すチャンス
を与えるときなどに使う。）

　1.　A：　あのー、いま、じかんは…。
　　　B：　すいません、わたしとけいは…。
　2.　A：　あしたは、いちじはん…。
　　　B：　ええ、なにか、ごつごうのわるいことでも…。
　3.　A：　あのう、きょうとへは、いつ…。
　　　B：　ええ、こんやですが、なにか…。

第3節　イントネーションの練習

　　上のAからFまでのイントネーションについて練習する。それぞれ
の文や会話について、1)誰が誰に、2)どんな場面で、3)どんな気持で言
ったものかを考えたり、話し合ったりしてみよう。

■■ Tape 1, Side B　　　**予備練習 1**

　　次の1番〜5番を、1)A「長 昇」〈ノ〉と、2)C「短 昇」〈 ″〉
　　　　　　　　　　　　　　　　ながのぼり　　　　　　　　　みじかのぼり
で発音してみなさい。とくに文末の上がり方に注意しなさい。「短 昇」
　　　　　　　　　　　　　　　　　　　　　　　　　　　みじかのぼり
「短 平」の発音は促音で終わるようにするとよい。
みじかたいら　　　　　そくおん

　1番　1. これが 。　2. そこが 。　3. うえが 。　4. したが 。
　　　　5. くちが 。
　2番　1. がっこうが 。　2. きょうしつが 。　3. がくせいが 。
　　　　4. めんせつが 。　5. ふくそうが 。
　3番　1. やすみは 。　2. あたまが 。　3. はなしは 。
　　　　4. にどめは 。　5. ついたちは 。
　4番　1. こころが 。　2. あるけば 。　3. はしれば 。
　　　　4. わかるの 。　5. みたいの 。
　5番　1. どこから 。　2. いつから 。　3. たべたら 。
　　　　4. のんでも 。　5. かいたら 。

Tape 1, Side B **予備練習 2**

　次の会話のBの部分を1)B「長平」〈→〉と2)D「短平」〈→〉で発音してみなさい。「短平」の発音は促音（ッ）で終わるようにするとよい。

1番　1. A: にほんご╱。
　　　　　　B : ええ、にほんごー。
　　　　　　B': え、にほんごっ→。

　　　2. A: はつおん╱。
　　　　　　B : ええ、はつおんー。
　　　　　　B': え、はつおんっ→。

　　　3. A: ぶんぽう╱。
　　　　　　B : そう、ぶんぽうー。
　　　　　　B': そ、ぶんぽうっ→。

　　　4. A: かんじが╱。
　　　　　　B : そう、かんじがー。
　　　　　　B': そ、かんじがっ→。

　　　5. A: ききとり╱。
　　　　　　B : うん、ききとりー。
　　　　　　B': ん、ききとりっ→。

2番　1. A: いちがつに╱。
　　　　　　B : ええ、いちがつにー。
　　　　　　B': え、いちがつにっ→。

　　　2. A: かがみで╱。
　　　　　　B : そう、かがみでー。
　　　　　　B': そ、かがみでっ→。

　　　3. A: おとうとが╱。
　　　　　　B : うん、おとうとがー。
　　　　　　B': ん、おとうとがっ→。

　　　4. A: いもうとを╱。
　　　　　　B : ええ、いもうとをー。
　　　　　　B': え、いもうとをっ→。

　　　5. A: じゅうにがつも╱。
　　　　　　B : そう、じゅうにがつもー。
　　　　　　B': そ、じゅうにがつもっ→。

3番　1. A: あついから╱。
　　　　　　B : ええ、あついからー。
　　　　　　B': え、あついからっ→。

　　　　2. A：つめたいから ↗。 {
B：そう、つめたいから →。
B'：そ、つめたいからっ ↗。

　　　　3. A：わからないの ↗。 {
B：そう、わからないの →。
B'：そ、わからないのっ ↗。

　　　　4. A：はなせないって ↗。 {
B：うん、はなせないって →。
B'：ん、はなせないってっ ↗。

　　　　5. A：こくごじてんで ↗。 {
B：ええ、こくごじてんで →。
B'：え、こくごじてんでっ ↗。

　4番　1. A：なんでも ↗。 {
B：そう、なんでも →。
B'：そ、なんでもっ ↗。

　　　　2. A：まいにち ↗。 {
B：ええ、まいにち →。
B'：え、まいにちっ ↗。

　　　　3. A：くるって ↗。 {
B：うん、くるって →。
B'：ん、くる»ってっ ↗。

　　　　4. A：きれいだから ↗。 {
B：そう、きれいだから →。
B'：そ、きれいだからっ ↗。

　　　　5. A：なんじまででも ↗。 {
B：うん、なんじまででも →。
B'：ん、なんじまででもっ ↗。

🔲 Tape 1, Side B　　　　**予備練習 3**

　　次の会話のAの部分をF「弱平」〈…〉で、A'の部分をE「長降」
〈⌐〉で発音してみなさい。（Bの部分はD「短平」〈 → 〉）

　1番　1. A：あのう、これは…。
　　　　　　B：あ、それ、うのさんの →。
　　　　　　A'：ああ、うのさんの ⌐。
　　　　2. A：えーと、しごとは…。
　　　　　　B：え、しごとは、これからです →。

A′: ああ、これから〳。

3. A: えーと、きんがくは…。

B: え、さんぜんえんです →。

A′: ああ、さんぜんえん〳。

4. A: あのう、らいねんも…。

B: え、らいねんもおんなじ →。

A′: ああ、おんなじ〳。

5. A: あのう、だいがくは…。

B: あ、だいがくは、となりのまち →。

A′: ああ、となりのまち〳。

2番 1. A: あのう、あしたは…。

B: え、あしたは、やすみです →。

A′: ああ、やすみ〳。

2. A: あのう、やすみは…。

B: え、やすみは、これからです →。

A′: ああ、これから〳。

3. A: えーと、ここからは…。

B: え、ここからは、にちょうめです →。

A′: ああ、にちょうめ〳。

4. A: あのう、おのさんのいえは…。

B: えーと、あ、あのいえがそうです →。

A′: ああ、あのいえが〳。

5. A: あのう、そのかぎは…。

B: あ、あのへやのかぎです →。

A′: ああ、あのへやのかぎ〳。

3番 1. A: あのう、すこしあつい……でしょう…。

B: いえ、さむいです →。

A′: ええ、さむい〳。

2. A：あのう、どようびは…。

　　B：え、やすみじゃありません↗。

　　A′：ええ、どようびも↘。

3. A：あのう、ひらがなは…。

　　B：え、ぜんぜんよめません↗。

　　A′：ええ、ひらがなが↘。

4. A：あのう、わからないところは…。

　　B：え、まったくありません↗。

　　A′：ええ、まったくない↘。

5. A：あのう、すこしかんがえてみては…。

　　B：いや、かんがえたって、むだです↗。

　　A′：はあ、むだですか↘。

4番　1. A：あのう、どこかへんなところは…。

　　B：え、ぜんぶへんです↗。

　　A′：ええ、ぜんぶへん↘。

2. A：あのう、あめがふるのは…。

　　B：え、はやければ、きょうのごごからですって↗。

　　A′：ええ、きょうのごごから↘。

3. A：あのう、すぐみていただければ…。

　　B：すぐなんてむりです。ごごからなら↗。

　　A′：ええ、ごごから↘。

4. A：あのう、できたらきょう…。

　　B：あ、どんなことしてもきょうはむり↗。

　　A′：ええ、きょうはむり↘。

5. A：あのう、にじかさんじまでに…。

　　B：あ、どうやったってよじかごじ↗。

　　A′：ええ、よじかごじですか↘。

Tape 1, Side B　　　　　　練　習　1

次の会話で、はじめのAには「短昇」〈✓〉(C)、Bには「弱平」
〈…〉(F)、B′には「長平」〈→〉(B)のイントネーションを使って話して
みなさい。

1番　1. A：これから、でんわする✓。
　　　　　B：うーん、でんわは…。
　　　　　B′：うん、でんわする→。
　　2. A：あした、またいく✓。
　　　　　B：うーん、あしたは…。
　　　　　B′：うん、またいく→。
　　3. A：もういちど、はたらく✓。
　　　　　B：うーん、もういちどはたらくのは…。
　　　　　B′：うん、もういちどはたらく→。
　　4. A：ゆうがたから、いかせる✓。
　　　　　B：うーん、ゆうがたからいかせるのは…。
　　　　　B′：うん、ゆうがたからいかせる→。
2番　1. A：ここから、あるく✓。
　　　　　B：うーん、ここからあるくのは…。
　　　　　B′：うん、あるく→。
　　2. A：まいあさ、はしる✓。
　　　　　B：うーん、まいあさはしるのは…。
　　　　　B′：うん、はしる→。
　　3. A：くすり、つける✓。
　　　　　B：うーん、くすりをつけるのは…。
　　　　　B′：うん、つける→。
　　4. A：すぐに、おこす✓。

B：うーん、すぐにおこすのは…。

B'：うん、すぐに、おこす→。

3番 1. A：あのひとに、はなさせる↗。

B：うーん、あのひとにはなさせるのは…。

B'：うん、はなさせる→。

2. A：せんせいに、きいてみる↗。

B：うーん、せんせいにきいてみるのは…。

B'：うん、きいてみる→。

3. A：しやくしょに、といあわせてみる↗。

B：うーん、しやくしょに、といあわせてみるのは…。

B'：うん、といあわせてみる→。

4. A：あのこに、もってこさせる↗。

B：うーん、あのこにもってこさせるのは…。

B'：うん、もってこさせる→。

4番 1. A：すぐに、かえる↗。

B：うーん、すぐにかえるのは…。

B'：うん、すぐにかえる→。

2. A：きょうから、かく↗。

B：うーん、きょうからかくのは…。

B'：うん、かく→。

3. A：ラーメンたべてみる↗。

B：うーん、ラーメンたべるのは…。

B'：うん、たべてみる→。

4. A：このみせ、ちょっと、はいってみる↗。

B：うーん、このみせにはいるのは…。

B'：うん、はいってみる→。

　　　　練　習　2

　次の会話で、はじめのAには「長昇」〈ノ〉(A)、Bには「短平」
〈→〉(D)、2番目のAには「長降」〈⌒〉(E)のイントネーションを使って
話してみなさい。

1番　1.　A：あしたのつごうはノ。
　　　　　B：ええ、ごぜんちゅうはひま→。
　　　　　A：ああ、ごぜんちゅうだけ⌒。
　　　2.　A：あしたのつごうはどうですかノ。
　　　　　B：はい、ごぜんちゅうはひまですが→。
　　　　　A：ああ、ごぜんちゅうだけですか⌒。
　　　3.　A：がっこうのきょうしつはノ。
　　　　　B：うん、ゆうがたからつかえそう→。
　　　　　A：ああ、ゆうがたからねえ⌒。
　　　4.　A：がっこうのきょうしつはどうですかノ。
　　　　　B：ええ、ゆうがたからつかえそうです→。
　　　　　A：ああ、ゆうがたからですか⌒。
2番　1.　A：あしたはやすみノ。
　　　　　B：うん、ひるすぎから→。
　　　　　A：ああ、ひるすぎから⌒。
　　　2.　A：あしたはやすみなんでしょうノ。
　　　　　B：ええ、ひるすぎからですけど→。
　　　　　A：ああ、ひるすぎからですか⌒。
　　　3.　A：あのみせに、おんなのひとがいるでしょうノ。
　　　　　B：いや、あれはおとこのひと→。
　　　　　A：ええノ、おとこのひと⌒。
　　　4.　A：あのみせに、おんなのひとがいるでしょうノ。

B：　いいえ、あれはおとこのひとですよ →。

A：　ええノ、おとこのひとですか⤵。

3番　1. A：　あのせんせいのはなしたこと、わかったノ。

　　　　　B：　うん、すこし →。

　　　　　A：　すこし⤵。

　　　2. A：　あのせんせいのはなしたこと、わかりましたノ。

　　　　　B：　ええ、すこし →。

　　　　　A：　ええノ、すこしだけですか⤵。

　　　3. A：　あれ、うたをうたいながらおふろにはいってるひとが
　　　　　　　いるわよノ。

　　　　　B：　ああ、おとなりのごしゅじん →。

　　　　　A：　へーえ、いいこえしてるのねえ⤵。

　　　4. A：　あ、うたをうたいながらおふろにはいってるひとがい
　　　　　　　ますよノ。

　　　　　B：　ああ、おとなりのごしゅじんですよ →。

　　　　　A：　へーえ、いいこえしてるんですねえ⤵。

4番　1. A：　いったい、なにがどうなったのノ。

　　　　　B：　いや、かれ、とうとうダウンしたって →。

　　　　　A：　ええノ。あのげんきなかれが⤵。

　　　2. A：　いったい、なにがどうなったんですかノ。

　　　　　B：　いや、かれがねノ、とうとうダウンしたんですって →。

　　　　　A：　ええノ、あのげんきなかれがですか⤵。

　　　3. A：　おんがくは、だれのがいいノ。

　　　　　B：　そうねえ⤵、モーツァルト →。

　　　　　A：　ああ、モーツァルト⤵。

　　　4. A：　おんがくは、だれのがいいですかノ。

　　　　　B：　そうですねえ⤵、モーツァルトです →。

　　　　　A：　ああ、モーツァルトですか⤵。

Tape 1, Side B　　　　　**練　習　3**

1. まず、本を閉じます。次に、会話の例を聞いて、A、Bそれぞれの発話がどのイントネーションで話されているか、考えなさい。

2. そのイントネーションの型を使って1から4までの会話を練習しなさい。

1番　例　A：　いく。
　　　　　B：　いかない。
　　　　　A：　どうして。いきなさいよ。

1. A：　やめる。　　　B：　やめない。
　　A：　どうして。やめなさいよ。

2. A：　べんきょうする。　　　B：　しない。
　　A：　どうして。しなさいよ。

3. A：　あのやまに、のぼる。　　　B：　のぼらない。
　　A：　どうして。のぼりましょうよ。

4. A：　へやのまど、あける。　　　B：　あけない。
　　A：　どうして。あけましょうよ。

2番　例　A：　いきますノ。　　　B：　いいえ、いきません一。
　　　　　A：　どうしてですかノ。いってくださいよ。

1. A：　かれに、はなしますノ。
　　B：　いいえ、はなしません一。
　　A：　どうしてですかノ。はなしてくださいよ。

2. A：　もう、やめますノ。
　　B：　いいえ、やめません一。
　　A：　どうしてですかノ。もう、やめてくださいよ。

3.　A：レコードをかけますノ。
　　B：いいえ、かけません→。
　　A：どうしてですかノ。かけてくださいよ⌐。

4.　A：くすり、おのみになりますノ。
　　B：いいえ、のみません→。
　　A：どうしてですかノ。のんでくださいよ⌐。

3番　例　A：ごはん、たべたノ。
　　　　　B：ううん、*たべてない→。
　　　　　A：どうしてノ。たべたらノ。

　　　（*「ううん」は [ₘ╱ᵐ⌐ₘ╱ᵐ] のように発音する。）

1.　A：ハガキ、かいたノ。
　　B：ううん、かいてない→。
　　A：どうしてノ。かいたらノ。

2.　A：しゅくだい、だしたノ。
　　B：ううん、だしてない→。
　　A：どうしてノ。だしたらノ。

3.　A：としょかんで、さがしてみたノ。
　　B：ううん、さがしてない→。
　　A：どうしてノ。さがしてみたらノ。

4.　A：せんせいに、うかがってみたノ。
　　B：ううん、まだうかがってない→。
　　A：どうしてノ。うかがってみたらノ。

4番　例　A：あのひとに、きいてみましたノ。
　　　　　B：いいえ、まだですが→。
　　　　　A：どうしてですかノ。きいてみたらどうですノ。

1. A： あのほん、よんでみました ↗。
   B： いいえ、まだですが →。
   A： どうしてですか ↗。すぐよんでみたらどうです ↗。
2. A： あのみせ、いってみました ↗。
   B： いいえ、まだですが →。
   A： どうしてですか ↗。いってみたらどうです ↗。
3. A： プレゼント、あけてみました ↗。
   B： いいえ、まだですが →。
   A： どうしてですか ↗。いま、あけてみたらどうです ↗。
4. A： きのうかったセーター、きてみました ↗。
   B： いいえ、まだですが →。
   A： どうしてですか ↗。いま、きてみたらどうです ↗。

■■ Tape 1, Side B　　練 習 4

例のようにAの部分を聞いてBの部分を言いなさい。

例1） A： わたし、奨学金（しょうがくきん）がもらえることになったんです →。
　　　 B： そうですか ↘。それはよかったですねえ ↘。
　　　（全体的に高く明るい感じ。）

例2） A： わたし、面接でおちちゃったんです →。
　　　 B： そうですか ↘。それは残念でしたねえ ↘。
　　　（全体的に低く、暗い感じ。）

1. A： せっかく本屋まで買いに行ったのに売り切れだったんです →。
   B： そうですか ↘。それは残念でしたねえ ↘。
2. A： わたし、こんど就職がきまったんです →。
   B： そうですか ↘。それはよかったですねえ ↘。
3. A： 100 点（ひゃくてん）とれたと思ったのに 99 点（きゅうじゅうきゅうてん）だったんです →。

B：　そうですか＼。それは残念でしたねえ＼。

4．A：　おかげさまで、やっと卒業できることになりました―。

　　B：　そうですか＼。それはよかったですねえ＼。

5．A：　ゆうべの風で公園の桜もすっかりちっちゃいましたねえ＼。

　　B：　そうですねえ＼。残念でしたねえ＼。

📼 Tape 1, Side B　　　　練　習　5

例のように、Aの部分を聞いてBの部分を言いなさい。

例1）A：　この雨、午後にはあがるそうですよ／。

　　　B：　あ、そうですか＼。じゃあ、午後からでかけます―。

　　　　（全体的に少し高く、少し明るい感じ。）

例2）A：　あの人、きゅうに入院したんですよ／。

　　　B：　あ、そうですか＼。困りましたねえ＼。

　　　　（全体的に少し低く、少し暗い感じ。）

1．A：　注文した本が来たそうですよ／。

　　B：　あ、そうですか＼。じゃあ、取りにいってきます―。

2．A：　列車同士がぶつかって、何十人も死んだそうですよ／。

　　B：　あ、そうですか＼。うわあ…。

3．A：　いま学生から電話があって、少し遅れるそうです＼。

　　B：　あ、そうですか＼。わかりました―。

4．A：　あの人、三日前に山に登ったまま帰って来ないんですよ＼。

　　B：　あ、そうですか＼。どうしちゃったんでしょうねえ＼。

5．A：　ゆうべの雨で、あの人の家が流されちゃったんです＼。

　　B：　あ、そうですか＼。たいへんですねえ＼。

応用練習 1

　Aの内容によってBのイントネーションを変えなさい。

1番　1. A：わたしたちの乗り遅れた飛行機がハイジャックされた
　　　　　　んですってよ。
　　　　B：ええっ、そうですか。
　　　2. A：少し前にあの人から連絡があって、10分ばかり
　　　　　　（じっぷんばかり）
　　　　　　遅くなるそうです。
　　　　B：ああ、そうですか。

2番　1. A：ゆうべ泥棒が入って、みんなから預かったお金も
　　　　　　全部盗まれちゃったんです。
　　　　B：ええっ、そうですか。
　　　2. A：こんど引っ越しまして、住所がこのように変わりまし
　　　　　　たので、よろしく。
　　　　B：ああ、そうですか。

3番　1. A：となりの子が間違って大人の風邪薬を全部
　　　　　　のみこんじゃったんですって。
　　　　B：ええっ、そうですか。
　　　2. A：さっき買い忘れたものがあったんで、もう一度スーパ
　　　　　　ーへ行って来ます。
　　　　B：ああ、そうですか。

4番　1. A：あの町は、道が分かりにくいですから、詳しい地図を
　　　　　　持って行ったほうが……。
　　　　B：ああ、そうですか。
　　　2. A：さっきの交通事故で怪我をした人達の中に、あの人の
　　　　　　お父さんもいたんですって。

B：ええっ、そうですか。

5番　1．A：先生があの島で見付けた植物は、世界でも
大変に珍しいものだったんだそうです。
（めずら）

B：ええっ、そうですか。

2．A：明日から出張で外国へ行きますので、しばらく
（あした）
こちらへは来られません。

B：あ、そうですか。

📼 Tape 2, Side A　　　　　　**応用練習2**

Aの内容によってBのイントネーションを変えて言いなさい。

1番　1．A：あの人、急に用事ができて来られなくなったんですって。

B：ああ、そうですか。弱ったなあ。

2．A：タクシーで行けば30分で着くそうですから、試験
（さんじっぷん）
には間に合いますよ。

B：ああ、そうですか。じゃあ、安心ですね。

2番　1．A：おとなりのお母さん、大学の入学試験に合格したんで
（かあ）
すって。

B：へーえ、あ、そうですか。よかったですねえ。

2．A：あの人のお父さん、手術の結果がよくなかったらしい
（とう）
んですよ。

B：ああ、そうですか。心配でしょうねえ。
（しんぱい）

3番　1．A：長い間かかってさがしていた本がきょうやっと手に
（あいだ）
入りました。

B：あ、そうですか。よかった。
（はい）

2．A：あの本、研究室にあるんですけど、今ちょうど他の学
生が借りてて……。
（か）

B：ああ、そうですか。残念ですねえ。

4番 1. A： 武田さんの家で、けさ、双子の赤ちゃんが生まれたんですって。

   B： ああ、そうですか。彼、喜んだでしょう。

2. A： わたし、医者に言われてるもんですから、今、酒は飲めないんですよ。

   B： ああ、そうですか。残念。

5番 1. A： あの人、論文が認められて、こんど賞をもらうことになったようですよ。

   B： ああ、そうですか。賞を。

2. A： あの学生、ちょっと勉強しすぎて病気になっちゃったらしいですよ。

   B： ああ、そうですか。気の毒にねえ。

第4章　複合練習

　　発音練習のまとめとして，これまで練習して来たリズム，プロミネンス，イントネーションをいろいろに組み合わせて練習してみよう。アクセントとリズムはそのまま，プロミネンスとイントネーションについては，(1)と{1}，(2)と{2}というふうに組み合わせる。

■■ Tape 2, Side A

1番：

イントネーションの種類	(1)「長昇」〈↗〉，(2)「長降」〈↘〉，(3)「短昇」〈↗〉		
プロミネンスの位置	{1}	{2}	{3}
文とアクセントの型			
	あし　たは　　だめ　だと　　いっ　たん　です　ね。		
リ ズ ム の 型			

2番：

イントネーションの種類	(1)「長降」〈↘〉，(2)「長昇」〈↗〉，(3)「短昇」〈↗〉		
プロミネンスの位置	{1}	{2}	{3}
アクセントの型			
文とアクセントの型	これから　いっしゅうかんは　じかんが　ないって　こたえたんですか。		
リ ズ ム の 型			

3番：

イントネーションの種類	(1)「長平」〈→〉，(2)「短平」〈→〉，(3)「弱平」〈⋯〉		
プロミネンスの位置	{1}	{2}	{3}
文とアクセントの型			
	まず　まち　へ　いっ　て　ほん　を　かっ　て　く　るって。		
リ ズ ム の 型			

4番：

イントネーションの種類	(1)「弱平」〈…→〉, (2)「長平」〈→〉, (3)「短平」〈→〉		
プロミネンスの位置	｜1｜	｜2｜	｜3｜
文とアクセントの型	これはだいじなことですので	ともだちにも	よくそうだんしてから。
リ　ズ　ム　の　型	⌣・⌣⌣⌣⌣⌣	⌣⌣⌣⌣⌣	⌣⌣⌣⌣⌣⌣

第2部　聴　解

使い方と注意

1) 全体の構成は、学習者にとって取り組みやすい順に並べてあります。
2) 各章の構成はすべて同じではなく、会話の内容によって変えてあります。
3) 予備練習では、短文を聞いて正確に音をとらえる練習をします。同時に書く練習にもなっています。もっとこのような練習がしたい人は、この問題集が終わってから巻末のスクリプト（会話を文字化したもの）をコピーして、自分でブランクを作って練習することもできます。しかし、問題をやりながら見ては勉強になりません。
4) わかりにくいことばには意味がつけてありますが、語彙は初めに辞書をひいて確かめてください。なお、語彙リストの動詞は辞書形で書いてあります。〔　　〕内の形は会話中で使われている形です。
5) 「ノート」には、会話に関連した社会的・文化的事柄がのせてあります。
6) 「考えてみよう」には、これから会話を聞いて理解するために大切な点が示してあります。
7) テープの印 📼 は、「ここでテープを聞きなさい」という指示です。テープは何度くり返して聞いてもかまいません。
8) 指示文は □ 内にあります。
9) ○/×は、「正しいものには○、まちがっているものには×をつけなさい」という指示です。テープを聞く前に問題文を読んでもかまいません。
10) 答えはすべて別冊にあります。

第1章 予備練習

1. 敬　語

　　日本では、一歩外に出ると敬語の使われる状況がたくさんある。ここでは、場面を銀行において、敬語を聞き取る練習をしよう。テープを聞いて（　　）に普通の形を書きなさい。

【語彙】

キャッシュカード　　小切手　　残高　　書き込む〔お書き込み〕

窓口　　預ける〔お預けに〕　　引き出す〔引き出された〕

額　　支店　　振り込む〔お振り込み〕

■■ Tape 2, Side A　例　これ、（忘れませんでしたか）。

1. キャッシュカードも（　　　　　　　　　　　）。
2. たいへん申し訳ありませんが、この小切手は（　　　　　　　　　　）。
3. 残高を（　　　　　　　　　）。
4. ここに（　　　　　　　　）ください。
5. 2番の窓口に（　　　　　　　　　）ください。
6. しばらくあちらで（　　　　　　　　　）ください。
7. どの機械を（　　　　　　　　）。
8. いつ頃（　　　　　　　　　）。
9. （　　　　　　　　　　）額は（　　　　　　　　　　）。
10. こちらの支店に（　　　　　　　　）そうですが。

2. 促音（小さい「っ」）
そくおん

　今から聞く文1～10の中には促音がいくつか含まれている。まず、
それぞれの文にいくつ聞こえるか、テープを聞いてみなさい。

📼 Tape 2, Side A　例　もう切符買ったの。（　2　）
きっぷか

1.（　　）　2.（　　）　3.（　　）　4.（　　）　5.（　　）

6.（　　）　7.（　　）　8.（　　）　9.（　　）　10.（　　）

　　今度は、また同じテープを聞きながら、ひらがなで（　　）の中に
ことばを入れなさい。その際、必ず「っ」が含まれることに注意しなさ
い。

📼 Tape 2, Side A　例　もう、（きっぷ）（かった）の。

1. ここに（　　　　　　　　）を（　　　　　　　　　）ください。
2. （　　　　　　　）も（　　　　　　　　）そうですよ。
3. （　　　　　　　）から（　　　　　　）そう
　（　　　　　　　）でしょう。
4. それで（　　　　　　）ですから、そこに（　　　　　　）
　お待ちください。
5. （　　　　　　　）人には（　　　　　　　　）。
6. わたしがいくら（　　　　　　　）と（　　　　　　　　）の。
7. 電話を（　　　　　　　）後で（　　　　　　　）らしい。
あと
8. （　　　　　　）そのニュースを聞いて（　　　　　　　）
　したわ。
9. このスープ、（　　　　　　）（　　　　　　）
　（　　　　　　）ください。

10. 友達と（　　　　　　　　）に、（　　　　　　　　）ぐらい
（　　　　　　　　）へ（　　　　　　　）来ることにしまし
た。

3. 長音「う/お」

今度は長音の聞き取りである。テープを聞いて、「う」を含むこと
ばを（　　）の中にひらがなで書きなさい。

Tape 2, Side A

1. （　　　　　　）から（　　　　　　）まで、どのぐら
いですか。
2. （　　　　　　）に、白い（　　　　　　）を着て来た
そうだね。
3. （　　　　　　）は（　　　　　　）にあります。
4. 国際（　　　　　）の（　　　　　　）が言われてい
ます。
5. （　　　　　）は（　　　　　）に（　　　　　　）
しました。
6. ここは（　　　　　　）の少ないことで（　　　　　　）
です。
7. （　　　　　　）には、便せんや（　　　　　　）など
が置いてあります。
8. いろいろな（　　　　　　）を（　　　　　　）してみ
たい。
9. （　　　　　）や（　　　　　）などの
（　　　　　）を（　　　　　）している。
10. （　　　　　）の受験に失敗し、（　　　　　　）した。

4. 縮 約 形   V＝Verb（動詞）

I.
Vちゃ → Vては	例 書いちゃ → 書いては
Vじゃ → Vでは	例 読んじゃ → 読んでは

テープを聞いて縮約前の形を（　　）の中に書きなさい。

📼 Tape 2, Side A　例　1）（見ては）だめよ。

　　　　　　　　　　　2）（読まなくては）わからない。

1. 友達に（　　　　　　　　　）いけませんよ。
2. 習ったことは（　　　　　　　　　）だめです。
3. こんなに（　　　　　　　）買えないね。
4. やっぱりスープは（　　　　　　　　）。
5. まだ（　　　　　　　）だめだって言ったでしょ。
6. 60人も（　　　　　　　）、入れるわけないよ。
7. おくれても、だれも（　　　　　　　　）くれないからね。

答えをたしかめてから、テープを聞いてくり返しなさい。

II.
V―ちゃう → V―てしまう	例 食べちゃう → 食べてしまう
V―じゃう → V―でしまう	例 読んじゃう → 読んでしまう

テープを聞いて縮約前の形を書きなさい。

📼 Tape 2, Side A　例　さっき（見て）しまった。

1. もう（　　　　　　　）しまった。
2. あ、（　　　　　　　）しまった。
3. 田中さんに（　　　　　　）しまった。
4. 全部（　　　　　　　）しまったんですか。
5. きょう中に（　　　　　　　）しまってよ。
6. これを（　　　　　　）しまおう。
7. どうも（　　　　　　）しまったらしいよ。
8. 一度聞いただけで（　　　　　　　）しまうなんて……。
9. 一人で（　　　　　　）しまおうと思ったんですけど。
10. 新宿でばったり（　　　　　　　）しまったんですよ。

テープを聞きながらくり返しなさい。

Ⅲ.　　V—とく → V—ておく　　例 書いとく → 書いておく
　　　　V—どく → V—でおく　　例 読んどく → 読んでおく

テープを聞いて縮約前の形を書きなさい。

Tape 2, Side A　例　（書いて）おきました。

1. ちょっと（　　　　　　）おいて。
2. きのう、（　　　　　　）おいたわよ。
3. そこに（　　　　　　）おいてください。
4. 電気、（　　　　　　）おきましたから。
5. 小包が来たら、（　　　　　　）おいてね。
6. 大森さんには、（　　　　　　）おいたんですが。
7. 子供は（　　　　　　）おいた方がいいかもしれない。
8. 売れちゃわないうちに、（　　　　　　）おこうと思います。

9. ここにいるうちに、(　　　　　　　　　)おきたいことがたくさん
　　あります。
10. 2、3日なら、冷蔵庫に(　　　　　　　　　)おけばだいじょう
　　ぶです。

　　テープを聞きながらくり返しなさい。

Ⅳ.

V—てる → V—ている	例	食べてる → 食べている
V—でる → V—でいる	例	読んでる → 読んでいる
V—てく → V—て行く	例	食べてく → 食べて行く
V—でく → V—で行く	例	読んでく → 読んで行く

Tape 2, Side A　テープを聞いて縮約前の形を書きなさい。

1. あ、(　　　　　　　　)、(　　　　　　　　)。
2. 今、(　　　　　　　　)。
3. うちの近くに(　　　　　　　)って。
4. セブンイレブンなら、まだ(　　　　　　　)よ。
5. (　　　　　　　　)から、心配しないで。
6. これ、(　　　　　　　)かな。
7. ひとつ、(　　　　　　　)?
8. ここで少し(　　　　　　)よ。
9. ちょっと(　　　　　　　)くれる?
10. ちょっとここで(　　　　　　　)?
11. ちゃんと(　　　　　　)みたいですよ。
12. (　　　　　　　)入れなかったんです。
13. きょうはコーヒー(　　　　　　　)わ。
14. えんぴつなら(　　　　　　　)が。

15. なあんだ、（　　　　　　　　　　）んじゃないですか。

テープを聞きながらくり返しなさい。

5. 音変化

おん　へん　か

```
ん → ら、り、る、れ、に、の
```

テープを聞いて「ん」に変わる前の形を書きなさい。

■■ Tape 2, Side A 　例　1）食べらんない → （食べられない）
　　　　　　　　　　　　2）そう言ってんの → （そう言ってるの）

1. 時間はそんなに（　　　　　　　　　）でしょう。
2. お金が（　　　　　　　）から、買わなかった。
3. 寒くて（　　　　　　）よ。
4. 太田さんも（　　　　　　）の。
5. もう、暑くてこんなとこ、（　　　　　　　　　）。
6. ちょっと（　　　　　　　）で飲んでくる。
7. 忘れようとしても、（　　　　　　　　）んだ。
8. 2時間も（　　　　　　）、ちょっと疲れました。
9. ずいぶん（　　　　　）わねえ。
10. ちょっと（　　　　　　）よ。
11. あした（　　　　　　）人、手、あげてください。
12. 大きくなったら、（　　　　　　　）。
13. よく（　　　　　　）から。
14. そんなはでな服、（　　　　　　　）。
15. あの（　　　　　　　）に（　　　　　　　　　）んですか。

テープを聞きながらくり返しなさい。

6. 総合練習

ここでは「聴解」第2章「総合問題」の会話から少し取り上げて
みよう。

次の会話の一部を聞いて、縮約および音変化のない形で書きなさい。

▶◀ Tape 2, Side A

1. 2月の方が（　　　　　　　　）ことは（　　　　　　　　）
でしょうね。　　　　　　　　　　　　　　　［旅行(1)—計画］

2. 下宿のおばさんが（　　　　　　　　）けど。　　［築地］

3. （　　　　　　　　　）のでしょう。　　　　　　［引っ越し］

4. 今度はハリの（　　　　　　　　　）。　　　　　　　［けが］

5. たいへん（　　　　　　　　）。　　　　　　　　［犯人捜し］

6. それ（　　　　　　　）。　　　　　　　　　　　［犯人捜し］

7. ちょっと（　　　　　　　）みませんか。［いろいろな店で］

8. ちょっと（　　　　　　　　）。　　　　　　［いろいろな店で］

第2章 総合問題

1. 病院で

体の具合が悪い時は、病院へ行って医者の診察を受ける。医
者が次のように言った時はどうすればいいか。次のページの絵の中
から適当なものを選んでその番号を（　　）に書き入れなさい。

【語彙】

息を吸う　ぬぐ　台　のせる　背中　血圧　腕
注射　熱　はかる　がまんする　錠剤　-錠
空腹　傷口　さわる　包帯　検査　前日　注意書

▪️▪️ Tape 2, Side B

1.（　　）　　2.（　　）　　3.（　　）　　4.（　　）

5.（　　）　　6.（　　）　　7.（　　）　　8.（　　）

9.（　　）　　10.（　　）　　11.（　　）　　12.（　　）

13.（　　）　　14.（　　）　　15.（　　）

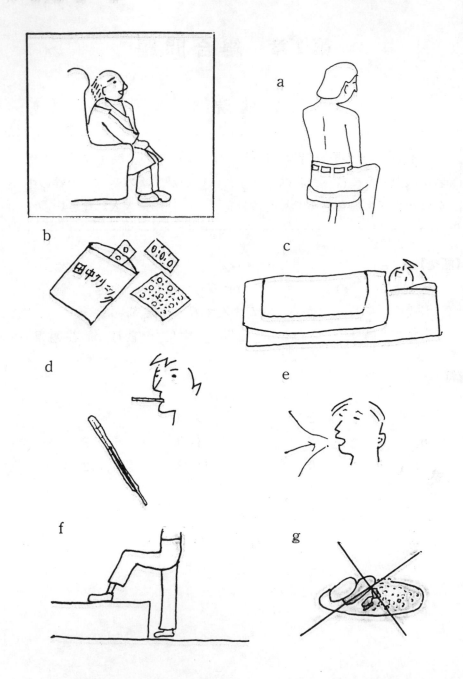

2. いろいろな店で

【語彙】

一山　　もつ〔もちます〕　　つぼみ　　ドライフラワー
アメリカン（＝うすいコーヒーのこと）　　指揮　　預かる
お返し（＝おつり）　　地味　　似合う　　評判　　新色
黒髪　　試す〔お試しになって〕

≪ノート≫

毎度ありい……「毎度ありがとうございます」の省略形で、小さ
　　　な商店などで用いられる。
第九……ベートーベン作曲の交響曲第九番。年末には、これを
　　　演奏するコンサートが多い。
小沢……小沢征爾（人名）。世界的に有名な指揮者。
A席……会場の席の位置によって料金に差がある場合がある。一
　　　般に、S席が一番よく、A席、B席と続く。

○/×

📼 Tape 2, Side B

場面1　果物屋
（　　）1. お客はりんごをひとつ買った。

場面2　花屋
（　　）1. お客は花を買った。
（　　）2. お客はバラのドライフラワーを買った。

場面 3　レストラン

（　　　）1. お客はパンを頼んだ。

（　　　）2. ランチにはパンもライスもついている。

場面 4　プレイガイド

（　　　）1. お客はコンサートの切符を買った。

（　　　）2. お客は12月24日にコンサートに行く。

（　　　）3. B席の切符は 1 枚 8 千円である。

場面 5　ブティック

（　　　）1. お客は地味な服は似合わない。

（　　　）2. 今は秋である。

（　　　）3. お客は店員を親切だと思った。

（　　　）4. お客はもっとゆっくり見たいと思っている。

（　　　）5. お客はこれから家へ帰ろうと思っている。

3. け　が

　　日本では体の具合が悪くなると、一般的な病院の外に、カイロプ
ラクティックや、ハリ治療、指圧などの専門家に行く人もいる。これら
の専門家は保険がきかないところが多いということもあり、治療費は
高いのが普通である。カイロプラクティックというのは、簡単にいうと、
背骨のゆがみを治すことによって、健康を回復しようというものである。

【語彙】

　　腰　　カイロプラクティック　　ギックリ腰（＝重い物を持ったり
　　急に無理な姿勢を取ったりして腰を痛めること。）　　ハリ　　（ハ
　　リを）うつ〔うって〕　　完全（な）　　再発（＝治った病気がまた
　　出てくること。）　　さす　　乱暴（な）

場面

　　喫茶店で友達同士が話している。

○/×

📼 Tape 2, Side B

（　　）1. 腰の痛い人はもう病院へ行った。

（　　）2. おととい腰が痛くなった。

（　　）3. カイロプラクティックは駅のそばにある。

（　　）4. 野田先生は評判がいい。

（　　）5. おかあさんはカイロプラクティックを受けたことがある。

（　　）6. おかあさんはハリ治療に4回行った。

（　　）7. 腰の痛い人はハリに興味がある。

4. 家捜し

　日本では、アパートや家を借りる時、不動産屋に頼む。不動産屋の入口にはたいてい貸家の条件などを書いた紙がたくさん貼ってある。住む所を捜している人は、この紙を見て気にいったのがあったら、中に入って詳しいことを聞く。部屋を借りる場合、いろいろな条件があるが、店頭の紙からは、だいたい次のページのような情報が得られる。

≪ノート≫

　　敷金……部屋を借りる時に家主に預けておく保証金。たいていの
　　　　　　場合に必要である。出る時に返してくれる。通常、家賃の1〜
　　　　　　2ヵ月分。

　　礼金……部屋を借りる時に家主に払うお金。戻ってこない。敷金と
　　　　　　同じぐらいかかる。

　　管理費……建物の管理費用。払わなくてもいい所もある。

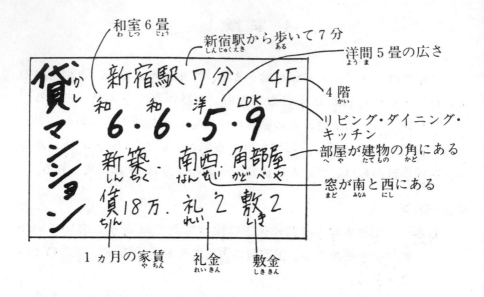

和室6畳
わしつ じょう

新宿駅から歩いて7分
しんじゅくえき ある

洋間5畳の広さ
ようま

賃マンション
かし

新宿駅 7分　　4F
4 階
かい

和　和　洋　LDK
6・6・5・9
リビング・ダイニング・キッチン

新築・南西・角部屋
しんちく なんせい かどべや
部屋が建物の角にある
へや たてもの かど

窓が南と西にある
まど みなみ にし

賃18万. 礼2 敷2
ちん れい しき

1ヵ月の家賃
やちん

礼金
れいきん

敷金
しききん

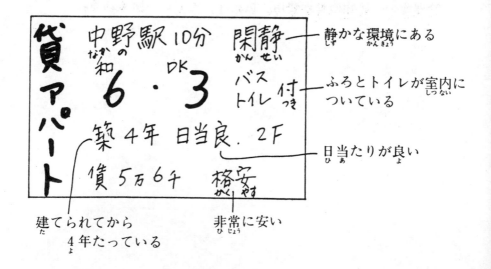

賃アパート
かし

中野駅10分　閑静
なかの かんせい
静かな環境にある
しず かんきょう

和　DK
6・3

バストイレ付
つき
ふろとトイレが室内についている
しつない

築4年 日当良. 2F

賃5万6千　格安
かくやす

日当たりが良い
ひあ よ

建てられてから
た
4年たっている
よ

非常に安い
ひじょう

> 　　不動産屋の前で夫婦が適当なアパートを捜している。この二人はどれに興味を示したのか、下の中から選びなさい。

▶◀ Tape 2, Side B

①
```
入谷駅. 2分
ワンルーム 8畳
新築 6万9千 管3千
礼2 敷2 南向 2F
```

②
```
新宿駅 15分 2F
和 6  和 4.5  格安
6万
トイレ室内 礼2 敷1
```

③
```
中野駅 10分
洋 12 東向
マンション8F
10万 礼2 敷2
管5千
```

④
```
浅草駅 7分 ビル2F
和 6・和 4.5 DK3
6万5千 礼2 敷2
バス・トイレ付 格安
```

⑤
```
新橋駅 8分
洋 6 和 4 DK3
バス・トイレ 7万6千
子供不可 礼2 敷1
```

【語彙】

予算（＝何かのために準備したお金。）　不可（＝だめ。いけない。）　一応

5. 築　地
つき　　じ

　東京には、築地という卸売市場がある。そこでは、年間85万5千
　　　　　　　つきじ　　　おろしうりいちば　　　　　　　　　　　ねんかん
トンの水産物、285万トンの野菜や果物を扱い、毎日7万人、2千台の
　　　すいさんぶつ　　　　　　　　　やさい　くだもの　あつか　　　　　　　　　　だい
トラックが出入りする。
　　　　　でい

場面1
　ばめん
　　高田という学生が下宿のおばさんの横井さんに話しかける。
　　たかだ　　　　　がくせい　げしゅく　　　　　　　よこい

【語彙】
　ごい
　　日本通（＝日本についてよく知っていること、または人。）
　　　　つう

```
○/×
```

📼 Tape 2, Side B

（　　）1. 高田さんは横井さんの仕事を知らない。
　　　　　たかだ　　　よこい　　しごと
（　　）2. 高田さんの友達はアメリカ人である。
　　　　　たかだ　　　ともだち
（　　）3. 友達は日本についてよく知っている。
　　　　　ともだち

場面 2
ばめん

高田とアメリカ人の友達リーが喫茶店で話している。
たかだ　　　　　　　　　　　　　ともだち　　　　きっさてん

【語彙】
ごい

一般（＝普通）　　プロ（＝professional）　　仕入れ　　一仕事
いっぱん　ふつう　　　　　　　　　　　　　　　　　しいれ　　ひとしごと

新鮮（な）（＝新しい）
しんせん

○/×

▶ Tape 2, Side B

（　）1. リーは築地へ行ったことがある。
　　　　　　　つきじ

（　）2. リーは築地について少しは知っている。
　　　　　　　つきじ　　　　すこ

（　）3. 場外にはプロしか入れない。
　　　　じょうがい　　　　　　はい

（　）4. 築地には朝早く行った方がいい。
　　　　つきじ　　　　　　　　　ほう

（　）5. リーは冗談を言っている。
　　　　　　　じょうだん

（　）6. 二人は6時半に会うことにした。
　　　　ふたり

6. 苦　情
くじょう

場面
ばめん

アパート204号室の玄関の前。鈴木さんが本田さんを訪ねる。
ごうしつ　げんかん　　すずき　　　ほんだ　　　たず

【語彙】
ごい

回覧板（＝町内などで、連絡する文書をうすい板、厚紙でできた
かいらんばん　ちょうない　　れんらく　ぶんしょ　いた　あつがみ
紙ばさみなどに貼って回し読みする。）　　もっぱら　　　天然（＝自
は　まわ　よ　　　　　　　　　　　　　　　　　てんねん　　じ
然）　　開けっ放し（＝開けたまま）
ぜん　あ　ばな　　あ

○/×

📼 Tape 2, Side B

（　　）1. 回覧板はとなりのうちへ取りに行く。
かいらんばん　　　　　　　と

（　　）2. 鈴木さんのうちも本田さんのうちもクーラーがある。
すずき　　　　　　ほんだ

（　　）3. 鈴木さんのうちは夏はよく窓を開けておく。
すずき　　　　　　なつ　　まど　あ

（　　）4. 本田さんの子供は女の子である。
ほんだ　　こども

（　　）5. 本田さんの子供は将来ピアニストになるつもりである。
ほんだ　　こども　しょうらい

（　　）6. 鈴木さんはピアノを聞くのを楽しんでいる。
すずき　　　　　　　　　　たの

（　　）7. 鈴木さんはピアノの音がうるさいと思っている。
すずき　　　　　おと

7. 天気予報
てんきよほう

天気予報でよく使われる語彙・表現
てんきよほう   ごい

1. 語彙（96ページ参照）
   ごい   さんしょう

晴れ　　曇り　　雨　雪　　みぞれ　　風　　北　　南
は   くも   あめ ゆき   かぜ きた みなみ
北東　　日中（＝昼間）　夕方　　気温　蒸し暑い　　下がる
ほくとう にっちゅう ひるま ゆうがた きおん む あつ   さ
みぞれ

2. 表現

晴れ後雨……始め晴れるが、後で雨が降る。
は のちあめ はじ は   あと あめ ふ
晴れ時々雨……晴れるが、時々雨が降る。
は ときどきあめ は   ときどきあめ ふ
晴れ一時雨……晴れるが、少し雨が降る。
は いちじあめ は   すこ あめ ふ
晴れ所により雨……晴れるが、雨になる所もある。
は ところ   あめ は   あめ   ところ
降水確率……特定の時間に雨が降る確率。
こうすいかくりつ とくてい じかん あめ ふ かくりつ

　　短い天気予報を聞き取る練習をしてみよう。
　　みじか てんきよほう き と れんしゅう
　　どんな天気になるか、テープを聞いて適当な記号を下から選ん
　　　　　　　　　　　　　　　てきとう きごう した えら
で書きなさい。
 か

---

a. ◐　　b. ◎　　c. ●　　d. ⊗　　e. ●→◐　　f. ◐→◎

g. ⊗→●　　h. ◎→●、⊗　　i. ◎→◎/●、⊗　　j. ◎●、⊗

【記号の説明】
   きごう せつめい

◐＝晴れ　　◎＝曇り　　●＝雨　　⊗＝雪　　◐→●＝晴れ後雨
   は   くも   あめ   ゆき   は のちあめ
◐●＝晴れ時々雨　　◐/●＝晴れ所により雨
   は ときどきあめ   は ところ あめ

📼 Tape 2, Side B

1. (　　) 　2. (　　) 　3. (　　) 　4. (　　) 　5. (　　)
6. (　　) 　7. (　　) 　8. (　　) 　9. (　　) 　10. (　　)

テープを聞いて、下の表を完成しなさい。
ひょう　かんせい

📼 Tape 2, Side B

【語彙】
ごい

運動会　　（人が）はりきる　　（天気が）もつ〔もちそう〕
うんどうかい
関東地方
かんとうちほう

	天　　気	気　　温
きょうの日中 にっちゅう		
今　　夜		
あ　し　た		

8．旅行(1)—計画

【語彙】

唐招提寺・薬師寺（奈良市にある有名な寺。）　日程　ずるい（ここでは、「うらやましい」「いいなあ」などのニュアンスを表す。）　はずす〔はずして〕（＝避ける）　当日（＝その日）始発（＝一番始めの駅。）

＜ノート＞

休み……大学の春休みは2月上旬から4月上旬までのところが多い。

宿泊施設……ホテル、旅館のほか、ユースホステル、民宿、宿坊などがある。民宿は、観光地などで、一般民家が設備を整えて営業し、比較的安い値段で家庭的なサービスをする。宿坊は、寺の宿泊所で、一般の人も泊まれる。

場面

高校時代からの友人、松田、大野、遠藤の3人が集まって、旅行の計画をたてている。

考えてみよう

旅行の計画をたてる時は、どんなことを決めるか。

⇒場所、ひにち、期間、交通手段、宿泊施設など。

○/×

🔊 Tape 2, Side B

(　) 1. 春休みの旅行は京都へ行く。

(　) 2. 京都へ行きたい人はいない。

(　) 3. 京都へ行ったことのある人がいる。

(　) 4. 京都には薬師寺という寺がある。

(　) 5. 3人とも休みは4月に終わる。

(　) 6. 3人とも3月下旬はひまではない。

(　) 7. 3人は3月中旬に奈良へ行く。

(　) 8. 3月12日は火曜日である。

(　) 9. 大野さんはアルバイトをしている。

(　)10. 新幹線の切符は買っておく。

9．旅行⑵─民宿の予約

【語彙】

すぎのや（民宿の名前）　一泊二食付（一晩泊まって、食事が二食（普通、その日の夜と翌日の朝）ついていること。）　あいにく（＝残念ですが）

考えてみよう

宿の予約を取る時は、どんなことを聞いたり聞かれたりするだろう。

➡客：宿泊料金、希望の日に泊まれるか、駅からの道順など。
　宿：希望の日、宿泊日数、人数、客の名前、電話番号、到着時刻など。

場面

大野が宿泊予約のために「すぎのや」に電話をかける。

＊　　　　＊　　　　＊

「すぎのや」にあいている部屋がなかったので、今度は「やまと」という民宿に電話してみる。

テープを聞いて次の表に書き込みなさい。
ひょう　か　こ

●● Tape 2, Side B

	宿　泊　費 しゅく　はく　ひ		食　事	客室の有無（○/×） う む		
				12日	13日	14日
すぎのや	1泊 いっぱく	円				
や　ま　と	1泊 いっぱく	円				

10．旅行(3)—時刻表(じこくひょう)

電車の時間を調(しら)べるためには、時刻表(じこくひょう)が必要だが、これは新幹線(しんかんせん)の時刻表(じこくひょう)である。

列車の名前(れっしゃ)
何番線から発車するか
発車時刻(はっしゃじこく)
到着時刻(とうちゃくじこく)
通過(つうか)
何番線に到着(とうちゃく)するか
東京から出るということ

東海　西日本

東海道・山陽新幹線

下り

予約コード	02199	01003	02539	01085		01121		01225	02111	01361	02113		01161	02381
列車名	こだま 409	ひかり 3	こだま 539	ひかり 85		ひかり 121		ひかり 225	こだま 411	ひかり 361	こだま 413		ひかり 161	こだま 381
発車番線	⑱	⑰				⑯		⑲	⑱	⑭	⑮		⑲	
東京発	751	800		…	┌	812	…	816	820	824	834	…	842	…
新横浜〃	809	レ		…		レ	…	834	838	842	852	…	レ	…
小田原〃	832	レ		…		レ	…	レ	901	レ	914	…	レ	…
熱海〃	843	レ		…		レ	…	レ	912	レ	925	…	レ	…
三島〃	855	レ		…		レ	…	レ	925	914	937	…	レ	…
静岡〃	917	レ		－－		レ	－－	レ	947	レ	1001	－－	レ	－－
浜松〃	944	レ	…	…	…	レ	…	レ	1014	レ	1027	…	レ	…
豊橋〃	1000	レ	…	…	…	レ	…	レ	1032	1006	1045	…	レ	…
名古屋着	1024	952	…	…	…	1005	…	1014	1056	1030	1110	…	1304	
名古屋発	1025	954	…	…	…	1006	…	1016	1057	1031	1111	…	1035	(6両編成・⊗なし)
岐阜羽島〃	1047	レ	…	…	…	レ	…	レ	1110	レ	1127	…	レ	
米原〃	1104	レ	…	…	…	レ	…	レ	1130	レ	1144	…	レ	
京都〃	1130	1040	…	…	…	1052	…	1101	1156	1118	1210	…	1120	
新大阪着	1146	1056	…	…	…	1108	…	1117	1212	1134	1225	…	1138	
発着番線	㉒	㉑		㉒		㉑		㉑	㉒	㉒	㉓		㉑	⑳
新大阪発	…	1058	…	1106	…	1110	…	1119	…		→	…	1140	1150
新神戸〃	…	レ	…	レ	…	1125	…	1134	…			…	1155	1205
西明石〃	…	レ	…	レ	…	レ	…	1145	…			…	レ	1219
姫路〃	…	レ	…	レ	…	1145	…	1159	…	…		…	1215	1232
相生〃	…	レ	…	レ	…	レ	…	1210	…	…		…	レ	1243
岡山着	…	1149		1157	…	1211	…	1230	…	…		…	1241	1303
岡山発	…	1150	(6両編成・⊗なし)	1158	…	1212	…	1231	…	…	…	…	→	1304
新倉敷〃	…	レ			…	レ	…	1243	…	…	…	…		1316
福山〃	…	レ			…	1235	…	1257	…	…	…	…		1330
三原〃	…	レ			…	レ	…	1310	…	…	…	…		1347
広島着	…	1236		1247	…	1306	…	1333	…	…	…	…		1411
広島発	…	1237	1242	1248	…	1307	…	…	…	…	…	…	…	1412
新岩国〃	…	レ	1301	レ	…	レ	…	…	…	…	…	…	…	1430
徳山〃	…	レ	1319	レ		レ	…	…	…	…	…	…	…	1446
小郡〃	…	レ	1336	レ		1349	…	…	…	…	…	…	…	1503
新下関〃	…	レ	1355	レ		1408	…	…	…	…	…	…	…	1522
小倉着	…	1336	1405	1347		1418	…	…	…	…	…	…	…	1532
小倉発	…	1337	1406	1348	(1月3↓5日は⑫)	1419	…	…	…	…	…	…	…	1533
博多着	…	1357	1427	1409		1439	…	…	…	…	…	…	…	1553
到着番線		⑪	⑭	⑭	└	⑭								⑬
運転期日（期日を示してない列車は毎日運転）				12月26日↓1月2・6日運転	日・2月14・18・21・25日運転	12月25日↓1月7・12・13・15↓17・19・21					1月2↓5・17日運転		12月26・31日・1月2↓7・17日運転	
食堂車 ビュフェ	J·D	B·T		J·D		帝国		J·D	帝国	帝国	J·D		B·T	

【語彙】

なるべく 「銀の鈴」（東京駅にある待ち合わせ場所。大きくて目立つのでわかりやすい。）

場面

3人が喫茶店で旅行の打ち合わせをしている。

3人の12日の予定を書いてみなさい。

📼 Tape 2, Side B

7：30	
8：00	
10：40	
11：08	
12：12	

11. 旅行(4)—JR 窓口
まどぐち

　電車に乗るには、乗車券が必要である。電車が急行なら急行券、
　　　の　　　　　じょうしゃけん ひつよう　　　　　きゅうこう　きゅうこうけん
特急なら特急券が必要で、指定席にすわるためには指定券を買わなけ
とっきゅう とっきゅうけん　　　　　していせき　　　　　　していけん　か
ればならない。乗車券だけでは、自由席にしかすわれない。その外に、
　　　　　　　じょうしゃけん　　　　じゆうせき　　　　　　　　　　　　ほか
寝台車を利用するための寝台券、普通車よりもいいグリーン車に乗るた
しんだいしゃ りよう　　　　しんだいけん ふつうしゃ　　　　　　　　　　　の
めのグリーン券などがある。

　また、学生は、普通車の乗車券に限り、学生割引が使える。
　　　　　　　　ふつうしゃ じょうしゃけん かぎ　　　　わりびき つか

場面
ばめん
　松田が東京駅の窓口で切符を買う。
　まつだ　とうきょうえき まどぐち きっぷ

---

1. 松田さんが買ったのはどんな切符か。
　まつだ　　　　か　　　　　　　　きっぷ
2. また、いくら払ったか。
　　　　　　　　はら

▶️ Tape 2, Side B

12.　旅行⑸—新幹線
しんかんせん

場面
ばめん

　　3人は新幹線に乗って京都へむかっている。
しんかんせん　　の　　きょうと

【語彙】
ごい

　　到着 時刻　　終点　　禁煙席/禁煙車（たばこをすわない人のた
とうちゃく じこく　　　しゅうてん　　きんえんせき きんえんしゃ
　　めに設けられた席/車両。）　　洗面所（＝お手洗）　　くず物入れ
　　　　もう　　　せき しゃりょう　　　　　せんめんじょ　　　て あらい　　　　もの い
デッキ（昇降口のあたり。）　　車掌　　盗難　　貴重品
　　　しょうこうぐち　　　　しゃしょう　　とうなん　　き ちょうひん

　　　　新幹線の車内放送を聞いて、下の表に書き入れなさい。
　　　　しんかんせん　　しゃないほうそう　　　　　　　　ひょう　　か　い

■■ Tape 2, Side B

電車名			行き先		
到着時刻 とうちゃく じこく	名古屋　： なごや	➡京都　： きょうと	➡新大阪 10：56 しん おおさか		
	➡岡山　： おかやま	➡広島12：36 ひろしま	➡小倉　： こくら	➡博多 はかた	
自由席 じ ゆうせき	〜　　　号車		指定席 し ていせき	〜　　　号車	
グリーン車	号車		禁煙車 きんえんしゃ	号車	
グリーン車禁煙席 きんえんせき	号車　　／　　〜　　番				
食堂車	号車		電　話　室	号車	
洗面所 せんめんじょ			くずもの入れ い		
車掌室 しゃしょうしつ	号車				

13. 犯人捜し
はんにんさが

住宅街で空巣に入られ、刑事が聞き込みに歩いている。ちょ
じゅうたくがい　あきす　はい　　けいじ　き　こ　　ある
うど、二人の女性が道で立ち話をしていたので、事件についてた
ふたり　じょせい　みち　た　ばなし　　　じけん
ずね始めたところである。刑事は取ったメモを見ながら似顔絵を2
はじ　　　　　　　　　　　と　　　　　　　にがおえ
枚かいた。それはどれか、会話を聞いて次のページの絵の中から選
まい　　　　　　　　　　かいわ　き　　　　　　え　なか　えら
びなさい。

考えてみよう

何か事件が起きた時、警察がどんなことを聞くか考えてみなさい。
おけいさつ

➡犯人の人数、性別、背の高さ、服装、髪型、年齢など。
はんにん　にんずう　せいべつ　せ　たか　ふくそう　かみがた　ねんれい

文型：目撃者は普通、あまり確信はないものである。それで、会話に
もくげきしゃ　ふつう　　　かくしん
「らしい」「みたいだ」「ようだ」「かもしれない」などの語尾がよ
ごび
く現れる。
あらわ

この会話には、メモを選ぶのには必要ないことも含まれている。つ
ふく
まり、特に注意して聞かなくてもいいことばもたくさんまじっている。
まず、次のことばに注意してテープを聞き、問題をやりなさい。
ちゅうい　　　　　　　　　　もんだい

【語彙】
ごい
細おもて（＝細い顔）　染める〔染めてる〕　　ひげ・あごひげ・
ほそ　　　　ほそ　かお　そ　　そ
口ひげ　　20代（＝20〜29歳）　　中年　髪型　　パーマっ気な
だい　　　　　　　　さい　ちゅうねん　かみがた　　　　け
し（＝パーマがかかっている様子はない）　　長め
ようす　　　　　　　　　　　なが

【表現】
ひょうげん
…ってほどじゃ＝…というほどではない

Tape 2, Side B

1

2

3

4

5

6

7

8

9

次に、以下のことばを調べてからもう一度聞いて、下の表を完成させなさい。

【語彙】

光線　加減（＝具合）　ジーンズ（jeans）　ベスト（vest）ベージュ（beige）　ダウンベスト（down vest）　クラーク・ゲーブル（Clark Gable、アメリカの映画俳優の名前）　アタッシュ・ケース（attache case）　サラリーマン（salaried man）　セールスマン（salesman）　トレンチコート（trench coat）　サングラス（sunglasses）　ショートカット（short hair）

犯人の特徴

■■ Tape 2, Side B

	男	女
顔		
髪型		
背の高さ		
服装		
年齢		

14. 引っ越し

場面

大学を卒業して故郷に帰る学生が、引っ越し会社に電話をかける。

テープを聞いて、次のページの申し込み用紙に記入しなさい。

【語彙】

東京山手引っ越しセンター（引っ越しの会社の名前）　引っ越し先（引っ越して行く所）　超過　千円増し　特殊荷物　郵便番号　受け取り人　荷造り　到着希望期間　配達　混雑　若干　……恐れがある〔恐れがございます〕（「……かもしれない」と同じような意味。好ましくないことが予想される。）　貴重品　重要書類　万一　保証　家具類　配送センター　梱包　中身　空　荷札　はずれる〔はずれないように〕　貼る

😀 Tape 2, Side B

申し込み者氏名 もこ		
現住所 げん	〒102　千代田区四番町4 電話（　　　　） ちよだくよんばんちょう	
引っ越し日 ひこ	月　　　日　　　午前・午後	
引っ越し先 ひこ	石川県金沢市本町2-36 いしかわけんかなざわしほんまち	
荷受人 にうけにん		
	電話（　　　　）　　　　　－	
荷物数 にもつすう		料金　　　　　　円
特殊荷物 とくしゅ	オートバイ 250cc	料金　　　　　　円
		合計　　　　　　円

付録―天気予報でよく使われる語彙

（　　　）内は意味

時　： 日中（昼間）　　朝方（朝の早いころ）　　夕方

一般： 陽気（天気）　　空模様（天気の状態）　　雨模様（雨/雨が降りやすい天気）　　荒れ模様（天気が悪くなり、荒れ始めていること）

寒暖： 暖かい　　温暖前線　　暑い　　蒸し暑い　　むしむしする（蒸し暑い）　　猛暑（夏のひどい暑さ）　　残暑（8月半ばを過ぎても残っている暑さ）　　涼しい　　寒い　　はだ寒い（少し寒さを感じる）　　寒冷前線

晴れ： 晴天（天気のいいこと）　　好天（いい天気）　　日本晴れ（雲一つなく晴れたいい天気）　　五月晴れ（5月の、よく晴れた、さわやかな天気）　　秋晴れ（秋の、青く晴れたさわやかな天気）　　晴れ間（雲が切れ、青空が見られる所）　　小春日和（初冬のころの、春のように暖かい日）　　快晴（空に雲一つなく、気持ちよく晴れていること）　　夕焼け

曇り： 曇り勝ち（曇りになることが多い）　　薄曇り（空一面にうすい雲がかかっている状態）　　雨雲

雨　： 小雨　　大雨　　豪雨　　集中豪雨　　夕立（夏の午後から夕方にかけてはげしく降る雨）　　梅雨　　空梅雨（梅雨の時期に雨が降らないこと）　　秋雨（秋に降り続く雨）　　小降り（雨の降るいきおいが弱いこと）　　本降り（きょう一日はやみそうにないという降り方）　　雨上がり（雨がやんだばかりの時）　　降水確率（特定の時間に雨の降る確率）　　雷　　洪水

雪　： 降雪（雪が降ること）　　粉雪（細かくて、さらさらした雪）

大雪　　豪雪（ものすごい大雪）　　積雪（雪が積もること）
初雪（冬になって初めて降った雪）　　みぞれ（雨と雪がまじって降るもの）　　吹雪（はげしい風とともに雪が降ること）

風　：　暴風（ものを吹き飛ばすようなはげしい風）　　暴風雨（はげしい雨と風）　　嵐（雨をともなった強風）　　台風　　春風　　春一番（2月末から3月初めごろにかけて、その年になって初めて吹く強い南風）　　秋風　　木枯らし（晩秋から初冬にかけて吹く冷たい風）
東風　　西風　　南風　　北風　　吹く　　静まる（静かになる）

霧　：　濃霧（濃い霧）
気温：　高い　　低い　　上がる　　下がる　　－度　　最高気温
最低気温

その他：　地震

テープスクリプト

第1章 予備練習

1. 敬　　語
けい　ご

　　　　例　これ、お忘れになりませんでしたか。
　　　　　　　　　わす

1. キャッシュカードもお作りいたしましょうか。
　　　　　　　　　　　　つく
2. たいへん申し訳ありませんが、この小切手はお使いになれません。
　　　　　もう わけ　　　　　　　　こぎって　　　つか
3. 残高をお調べになるんですか。
　ざんだか しら
4. ここにお書き込みください。
　　　　　か　こ
5. ２番の窓口にお出しください。
　　　まどぐち　　だ
6. しばらくあちらでお待ちください。
　　　　　　　　　　ま
7. どの機械を使われましたか。
　　きかい つか
8. いつ頃お預けになりましたか。
　　ごろ あず
9. 引き出された額はおいくらぐらいだったでしょう。
　ひ だ　　がく
10. こちらの支店にお振り込みになったそうですが。
　　　　してん　ふ こ

2. 促　　音
そく　おん

　　　　例　もう切符買ったの。
　　　　　　　きっぷ

1. ここに切手をはってください。
　　　きって
2. 三十分も待ったそうですよ。
　さんじゅっぷん
3. さっきからずっとそう言ってるでしょう。
4. それでけっこうですから、そこにすわってお待ちください。
　　　　　　　　　　　　　　　　　　　　　　ま
5. 知ってる人には会わなかった。
6. わたしがいくら持ってると思ってるの。

7. 電話を切った後でわかったらしい。

8. さっきそのニュースを聞いてびっくりしたわ。

9. このスープ、ちょっとあっためてもらってください。

10. 友達といっしょに、一週間ぐらい北海道へ行って来ることにしました。

3. 長　音

1. 京都から神戸まで、どのぐらいですか。

2. お正月に、白いコートを着て来たそうだね。

3. 研究室は五号館にあります。

4. 国際交流の重要性が言われています。

5. 台風は九州に上陸しました。

6. ここは人口の少ないことで有名です。

7. 文房具屋には、便せんや封筒などが置いてあります。

8. いろいろな健康法を実行してみたい。

9. 仏教やキリスト教などの宗教を勉強している。

10. 高校の受験に失敗し、浪人した。

4. 縮 約 形

I. 例　1) 見ちゃだめよ。

　　　　2) 読まなくちゃわからない。

1. 友達に聞いちゃいけませんよ。

2. 習ったことは忘れちゃだめです。

3. こんなに高くちゃ買えないね。

4. やっぱりスープは熱くなくちゃあ。

5. まだ帰っちゃだめだって言ったでしょ。

6. 60人も来ちゃ、入れるわけないよ。

7. おくれても、だれも待っちゃくれないからね。

II. 例 さっき見ちゃった。

1. もう帰っちゃった。
2. あ、こわしちゃった。
3. 田中さんに聞いちゃった。
4. 全部読んじゃったんですか。
5. きょう中にやっちゃってよ。
6. これをやらせちゃおう。
7. どうも食べられちゃったらしいよ。
8. 一度聞いただけでわかっちゃうなんて……。
9. 一人で飲んじゃおうと思ったんですけど。
10. 新宿でばったり会っちゃったんですよ。

III. 例 書いときました。

1. ちょっと聞いといて。
2. きのう、しといたわよ。
3. そこに、置いといてください。
4. 電気、つけときましたから。
5. 小包が来たら、受け取っといてね。
6. 大森さんには、話しといたんですが。
7. 子供は寝かせといた方がいいかもしれない。
8. 売れちゃわないうちに、買っとこうと思います。
9. ここにいるうちに、やっときたいことがたくさんあります。
10. 2、3日なら、冷蔵庫に入れとけばだいじょぶです。

IV.

1. あ、来てる、来てる。
2. 今、読んでます。
3. うちの近くに住んでるって。
4. セブンイレブンなら、まだやってるよ。
5. わかってるから、心配しないで。
6. これ、いただいてこうかな。
7. ひとつ、もらってかない？
8. ここで少し休んでこうよ。
9. ちょっと待っててくれる？
10. ちょっとここで食べてく？
11. ちゃんと聞いてたみたいですよ。
12. こんでて入れなかったんです。
13. きょうはコーヒー飲んでったわ。
14. えんぴつなら持ってますが。
15. なあんだ、知ってるんじゃないですか。

5. 音 変 化

例 1) 食べらんない
    2) そう言ってんの

1. 時間はそんなにかかんないでしょう。
2. お金が足んなかったから、買わなかった。
3. 寒くてたまんなかったよ。
4. 太田さんも来んの。
5. もう、暑くてこんなとこ、いらんない。
6. ちょっと、友達んとこで飲んでくる。
7. 忘れようとしても、忘れらんないんだ。

8. ２時間もかかったんで、ちょっと疲れました。
9. ずいぶんきれいんなったわねえ。
10. ちょっと信じらんなかったよ。
11. あした来らんない人、手、あげてください。
12. 大きくなったら、先生んなんの。
13. よくわかんなかったもんですから。
14. そんなはでな服、着らんないもん。
15. あのバッグん中に入ってんじゃないですか。

6. 総合練習　[　　]内は会話の題名

1. ２月の方がすいてることはすいてるでしょうね。　　[旅行(1)─計画]
2. 下宿のおばさんが言ってたけど。　　　　　　　　　　　　　[築地]
3. 何時ごろんなるんでしょう。　　　　　　　　　　　　　　[引っ越し]
4. 今度はハリの先生んところに行ったのよ。　　　　　　　　　[けが]
5. たいへん参考んなりました。　　　　　　　　　　　　　[犯人捜し]
6. それ着てましたよ。　　　　　　　　　　　　　　　　　[犯人捜し]
7. ちょっとお試しんなってみませんか。　　　　　　　　[いろいろな店で]
8. ちょっと時間がないんで。　　　　　　　　　　　　　[いろいろな店で]

第２章　総合問題

（　　）………音・動作
〔　　〕………あいづち・短い応答

1. 病院で

1. はい、ちょっと口をあけて。
2. 大きく息を吸って。

3. あ、ちょっと靴下ぬいでください。

4. あのね、それじゃ、足をその台の上にのせて。

5. はい、背中見せてね。

6. あ、ここに寝てください。

7. 血圧はかりましょう。

8. んー、じゃ、ちょっと腕に、注射しましょう。

9. ちょっとお熱はかりましょうか。

10. あったかくして、寝ててくださいね。

11. あしたの朝まで、何も食べないでくださいよ。

12. んー、今晩おふろがまんしてね。

13. あのね、しばらく、お酒やめてね。

14. あ、3番の窓口で、お薬もらってください。

15. この白い錠剤は1日に2回、3錠ずつ、ピンクのは3回、1つずつ。まちがえちゃ、だめですよ。

2. いろいろな店で

場面1　果物屋

店員　　いらっしゃい。

客　　　あー、そのりんご、一山ください。

店員　　はい、毎度ありい。

場面2　花屋

客　　　すいません。そのバラ、どのぐらいもちますか。

店員　　あ、これですか？　これ、まだつぼみだから、もちますよ。大きく開いたら、そこでドライフラワーにしてもいいしね。

客　　　あー、じゃ、それください。

店員　　はい。

場面3　レストラン

店員　　いらっしゃいませ。

客　　　（メニューを見ながら）んー、この……ね、Aランチください。

店員　　はい、パンとライスと、どちらにいたしましょう。

客　　　ごはんください。

店員　　はい、ライスでございますね。〔ええ〕お飲み物は？

客　　　んー、コーヒーください、アメリカンで。

店員　　はい、かしこまりました。少々お待ちくださいませ。

場面4　プレイガイド

客　　　すみません。「第九」のチケットください、小沢指揮の。

店員　　はい、いつのがよろしいでしょうか。

客　　　12月24日、まだありますか。

店員　　はい、えーと、A席、B席、C席ともございます。

客　　　んー、じゃ、Bを2枚ください。

店員　　はい、8千円になります。〔はい〕……1万円お預かりします。
　　　　……2千円のお返しです。ありがとうございました。

場面5　ブティック

客1　　ねえ、これ、どう。

客2　　んー、ちょっと地味なんじゃない？　似合わないことないけど。

客1　　そう。

店員　　いかがですか。

客1　　ええ。

店員　　それ、いいでしょう、春も着られますしね。評判いいんですよー。

客1　　ええ……。

店員　　あ、今見てらっしゃるスカートは、きのう入ったばかりなんですよ。この秋の新色です。

客2　　ああ、そうですか。

店員　　あ、あ、その赤、きれいでしょう。日本人の黒髪にほんとによ
　　　　く似合うと思うんですよね。ちょっと、お試しんなってみませ
　　　　んか？

客1　　あ、あん、ちょっと時間がないんで……。（客2に小声で）出
　　　　ようよ。

客2　　（すぐ、小声で）うん。　（店員に）あー、じゃあ、どうも。

店員　　あ、そうですか。残念ですねえ。またどうぞ。

客1　　あ、どうも。

（外に出て）

客1　　ん、もう、ちっともゆっくり見られやしない。

客2　　ほんとね、別のお店、行きましょ。

客1　　うん。

3. け　　が

女1　　どうしたの。

女2　　うーん、ちょっと腰が痛くて……おとといからなんだけど。

女1　　お医者さんにみてもらった？

女2　　まだ。駅ビルん中のカイロプラクティックに行こうと思うんだ
　　　　けど。

女1　　えー。野田先生？

女2　　うん。あそこ、どうかしら。

女1　　ああ、やめたほうがいいわよ。ますます悪くなっちゃうわよ。
　　　　〔え？〕前ねえ、母がギックリ腰やって野田さんところに行っ
　　　　たの。〔うん〕そしたら何か無理なことやられてね、〔うん〕次
　　　　の日起きられなくなっちゃったんだから。

女2　　えー。それでどうしたの。

女1　　うん、今度はハリの先生んところに行ったのよ。

女2　　ハリ、うってもらったの？

女1　　うん、そしたら4回で治ったって。

女2　　そう、よかったわねえ。それで、完全によくなったの？　もう再発しない？

女1　　うん、だいじょぶみたいよ。

女2　　そう……でも、あたし、ハリはちょっと……。

女1　　うん、でも、そんなに深くさすわけじゃないらしいけどね。

女2　　そうお……。

女1　　んー、でも、カイロにしても、野田さんところだけはやめたほうがいいわよ。乱暴だから。

女2　　うん、わかった。外、捜してみるわ。

4. 家捜し

男　　いいの、なかなかないなあ。

女　　これなんかどう、その、上から2番目の。

男　　この6万9千円てやつ？

女　　うん。

男　　でも、管理費入れると7万2千円になっちゃうよ。

女　　そう。駅前だから、仕方ないのかしら。

男　　でも、予算は7万円だから……。

女　　ああ、じゃ、その下のは？

男　　子供不可って書いてあるよ。

女　　どうしてだめなのかしら。

男　　うるさいからだろう。部屋も傷むし。

女　　はー。じゃ、それもだめね。

男　　うん。これは？　2DKで6万5千円ていうの。

女　　えーと、バス、トイレつき、東向き、6畳と4畳半。あー、

でも、お台所はちょっと狭いわね。

男　　3畳か。でも、6万5千円っていうとそんなもんじゃないのか
　　　なあ。

女　　そうね、一応、見せてもらいましょうか。

男　　うん、早い方がいいからな。〔うん〕よし。ごめんください。

5. 築　　地

場面1

高田　　おはようございます。

横井　　あ、おはようございます。

高田　　あの、ちょっと、おうかがいしたいことがあるんですけど。

横井　　あら、あたしでわかるかしら。

高田　　あの、横井さんね、ご主人、築地にお勤めだっておっしゃって
　　　たでしょ。

横井　　ええ、ええ。

高田　　今、ぼくの友達がアメリカから遊びに来てるんで、おもしろい
　　　所に連れてってあげたいと思って。

横井　　ああ、外人さん。そうねえ、築地はおもしろいかもしれないわ
　　　ねえ。

高田　　何せ、かなり日本通の人ですから。それで、ちょっと教えてい
　　　ただきたいんですが。

横井　　ええ、いいですよ。あたしにわかることなら。

場面2

　　　（高田とアメリカ人の友達リーが喫茶店で話している。）

高田　　いくらリーでも、築地までは行ったことないだろう。

リー　　うん、本では読んだことあるんだけど。一般の人も入れるとは
　　　知らなかった。

高田	うん、プロがはいって仕入れをしてく場内と、まあ、一般の人も買うことのできる場外にわかれてるんだって。〔へえ〕下宿のおばさんが言ってたけど、朝早く行かないと意味ないって。
リー	そうだろうねえ。何時ごろ？
高田	6時。
リー	6時って、朝の？〔そうだよ〕冗談でしょ。
高田	冗談じゃないよ。本気だよ。もうそのころには、一仕事おわってる人もいるってさ。
リー	じゃあ、6時半でどう？
高田	ああ、いいよ。それで、帰りに場内の食堂で、んー、新鮮なさかなでも食べようよ。
リー	いいねえ。

6. 苦　情

（玄関のチャイムの音）

鈴木	ごめんくださーい。203号室の鈴木です。
本田	はーい。（ドアを開ける）
鈴木	あ、これ、回覧板、お願いします。
本田	あ、すいません。
鈴木	このごろ本当に暑いですねえ。〔ええ〕奥さんのところ、クーラーあるんですか。
本田	あ、いいえ、うちはクーラーって好きじゃないんで、もっぱら天然のクーラーなんですよ。
鈴木	あ、そうですか。うちもねえ夏は窓を開けっぱなしで。ちょっと通りの車の音とかうるさいんですけど、まあ、暑さには勝てませんから……お宅はいかが？
本田	ええ、うちもうるさいですよ。
鈴木	でもねえ、まあ、仕方ありませんわね。ところで、お宅のおじ

ょうさんですか、ピアノ、お上手ですねえ、〔あ、いいえ、とんでもない〕いつお始めになったんですか。〔あの〕毎晩遅くまで熱心に、〔ああ〕将来はピアニストをめざすといいですわ。

本田　ああ、いいえ、そんな。

鈴木　ほんとよ、いつも主人と感心してますの。お上手ねって。

本田　あの、そんなに聞こえますか。

鈴木　ええ、楽しませていただいてますのよ。……あら、いけない、私、うち開けっぱなしで来ちゃったわ。じゃ、すいませんけど、回覧板、よろしくお願いします。

本田　あ、はい、ありがとうございました。

鈴木　ごめんください。

本田　ごめんください。

　（戸を閉める音。廊下をスリッパで歩く音）

本田　由美子、いる？

由美子　何、おかあさん。

本田　お隣の人がね、ピアノうるさいって。夜弾くの、やめなさいよ。

由美子　はーい。

7. 天気予報

（練習）

1. 東京地方、あすは晴れ後曇りでしょう。
2. 休み明けのきょうは、一日中、雨になるでしょう。
3. 今夜は北東の風で曇りでしょう。
4. あすは北、日中南の風、晴れでしょう。
5. あすもお天気はいいですが、この蒸し暑さは当分続き、あすは30度を越す所も多いでしょう。
6. 関東地方南部、この雨も次第にあがり、夕方過ぎから晴れてくる所が多いでしょう。

7. あすは曇り時々雨か雪で、気温はきょうより下がるでしょう。

8. あさっては北の風がやや強く、初め晴れますが、後には曇ってくるでしょう。

9. ただいま降っている雪は、午後にはみぞれに変わり、夕方すぎには雨になるでしょう。

10. 東京地方、あすは北東の風、曇りで、午後からは所によって、雨か雪となるでしょう。

天気予報

　　こんにちは。きのうまでの蒸し暑さがすっかりなくなり、きょうはちょっと肌寒いぐらいですね。さて、きょうは運動会、とはりきっている方おおぜいいらっしゃると思いますが、だいじょうぶ、このお天気、曇り空のまま、何とか夕方までもちそうです。まず、11時の気温を見ますと、各地とも、３度から５度低くなっていまして、20度以下の所が多くなっています。そして、この陽気はあすも続くでしょう。

　　今夜のお天気です。関東地方は曇りで、初め晴れ間の広がる所もありますが、所により、一時雨になる所があるでしょう。あすの朝の最低気温は、今朝より３度から８度低くなりそうです。日中の最高気温は、きょうより１度から４度低く、19度から23度の予想です。あすは、きょうより気温が低くなりますが、特に夜になってから、だいぶ気温が下がりそうです。かぜをひかないように気をつけてください。それでは。

8．旅行(1)─計画

松田	ねえ、春休みの旅行のことだけど、どこにする。
大野	んー、京都なんかは？
遠藤	あー、あたし、京都は去年の夏に行ったばかりなの。
大野	そう、じゃ、奈良はどう。
遠藤	ん、いいわねえ。奈良までは行かれなかったから。

松田　　あ、じゃ、そうしましょう。

大野　　あたし、唐招提寺に行ってみたいなあ。

遠藤　　あたしは薬師寺。

松田　　とにかく、日程を決めないとね。

遠藤　　いつにする。

松田　　3月になってからにしない？　2月は寒いわよ。

大野　　みんな、お休みいつまで？

遠藤　　あたしは、えーと、4月4日。

松田　　あたしは7日だけど。

大野　　ふうん、じゃ、あたしが一番長いんだ、9日だから。

遠藤　　あ、ずるーい、9日まで休みなの。

大野　　そ、授業は10日から。

松田　　じゃあ、みんな、3月の下旬まではひまってことんなるわね。

大野　　うん、下旬なら、少しはあったかいかもしれないし……あ、
　　　　でも、2月の方が、すいてることはすいてるでしょうね。

松田　　うん、どうする。

遠藤　　どうしよう……3月の中頃は？

松田　　うん、あたしはいいわよ。

大野　　うん、あたしも。

遠藤　　うん、じゃ、そうしましょう。

松田　　何日頃からにする、大野さん、火曜日アルバイトっていってた
　　　　っけ。

大野　　うん、そう、わるいけど、火曜日はずしてくれる？

松田　　いいわよ。じゃあ、水曜に行くってことで、遠藤さんもいい？

遠藤　　うん、かまわないわ。

松田　　そうすると、12日。

遠藤　　新幹線の切符、どうする。新幹線で行くのよねえ。

大野　　うん、当日でいいんじゃない？　始発だから、すわれるわよ。

遠藤　　そうね。あ、泊まる所は？

大野　　宿坊とか民宿にしましょうよ、おもしろいから。あたしにま
　　　　かせてよ、民宿ガイド持ってるから。

松田　　あー、じゃ、お願いしちゃおうか。

遠藤　　うん、よろしくね。

9. 旅行(2)―民宿の予約

(電話の呼び出し音)

民宿1　はい、すぎのやでございます。

大野　　あ、もしもし、あの、ちょっとお伺いしたいんですけども。

民宿1　はい、どうぞ。

大野　　ええと、そちら、1泊おいくらぐらいでしょうか。

民宿1　はい、御一人様、1泊2食付で5千5百円からでございます。

大野　　あ、そうですか。あの、3月の12日なんですけど、あいてます
　　　　か。えと、3人です。

民宿1　3月12日、3名様ですね。〔はい〕ちょっとお待ちください。
　　　　(間)　もしもし、〔はい〕お待たせ致しました。大変申し訳ござ
　　　　いませんが、12日は、あいにくいっぱいでございます。14日
　　　　からですと、あいてるんですが。

大野　　ああ、そうですか。んー、じゃあ、けっこうです。

民宿1　ああ、申し訳ございません。またよろしくお願い致します。

大野　　あ、はい、どうも。

(電話を切る音)

　　　　　　　　＊　　　　　＊　　　　　＊

(電話の呼び出し音)

民宿2　はい、民宿大和です。

大野　　あ、ちょっとお伺いしますけど、えー、そちらは1泊おいく
　　　　らぐらいでしょうか。

民宿2　うちは朝食付で、3千2百円になってますけど。

大野　あの、3月12日なんですけど。

民宿2　御一人様ですか。

大野　あ、いえ、3人なんです。

民宿2　あー、3人ね、ちょっとお待ちください。〔はい〕（間）あー、はい、いいですよ。何泊なさいます。

大野　あ、2泊したいんです。

民宿2　はい、12日と13日の2泊ですね。お名前、いただけますか。

大野　はい、あの、東京の、大野と申します。

民宿2　はい、えー、お電話番号は。

大野　はい、03-238-3719です。

民宿2　大野様ですね。〔はい〕お電話が、03-238-3719。はい、かしこまりました。何時頃お着きんなりますか。

大野　あの、お昼頃には着いてしまうんで、荷物置かしていただきたいんですけど。

民宿2　はい、いいですよ。んー、それでは、12日のお昼頃、お待ちしています。どうもありがとうございました。

大野　あ、よろしくお願いします。

民宿2　はい。

（電話を切る音）

10．旅行(3)―時刻表

松田　んー、何時の新幹線に乗る？

大野　んー、なるべく早い方がいいな。

松田　じゃあ、7時頃？

遠藤　んー、7時は早すぎるー。

大野　じゃあ、8時頃は？

松田　そうすると、奈良にはちょうどお昼頃着くわね。

遠藤　　うん、いいわよ。

大野　　8時っていうと……あ、ちょっと時刻表見せて。〔あ、はい〕（ページをめくる）んー、ああ、ちょうど8時のひかりがあるわ。えー、これに乗ると、京都に10時40分に着くから、〔うん〕奈良線に乗り換えればいいわけね。〔そうね〕ええと（ページをめくる）ああ、京都11時8分発っていうのがある。その次になると41分だから、8分のに乗るってことにしとこうか。

松田　　そうね、いいわよ。

遠藤　　うん、そうすると、奈良には何時に着くの。

大野　　うん、えーと、12時12分。

遠藤　　うん、ちょうどいいわね。

松田　　それで駅のあたりでお昼食べて、民宿行けばいいもんね。〔うん〕

大野　　じゃ、決まり。

松田　　それじゃあ、東京駅の「銀の鈴」の所で7時半に。

大野　　オッケー。

11.　旅行(4)—JR窓口

松田　　すいません。〔はい〕奈良まで乗車券と特急券、3枚ずつください。あのう、学割使いたいんですけど。

JR　　はい。えー、奈良までですね。自由席でよろしいですか。〔はい〕えー、33,960円です。

松田　　はい。じゃこれでお願いします。

JR　　はい、3万5千円お預かりします。それでは、1,040円のお返しです。ありがとうございました。

松田　　どうも。

12. 旅行(5)—新幹線
しんかんせん

（チャイム）

　　新幹線ご利用いただきまして、ありがとうございます。ひかり3号
しんかんせん　　りよう　　　　　　　　　　　　　　　　　　　　　　　　　　　　ごう
博多行きです。ただいまから、これから先の到着時刻をご案内いたし
はかた　た　　　　　　　　　　　　　　　　　　さき　とうちゃくじこく　　あんない
ます。次の名古屋には9時52分、京都10時40分、新大阪10時56
　　　なごや　　　くじ　ふん　きょうと　　　　よんじゅっぷん　しんおおさか　　　ごじゅうろっ
分、岡山11時49分、広島12時36分、小倉13時36分、終点の博
ぷん　おかやま　　ふん　ひろしま　　さんじゅうろっぷん　こくら　　さんじゅうろっぷん　しゅうてん　はか
多には、13時57分に着きます。えー、自由席は、1号車から7号車
た　　　ごじゅうななふん　つ　　　　　　　　　　じゆうせき　　　　　　　　　　ななごうしゃ
です。9号車から16号車までは指定席です。11号車、12号車はグリーン
　　　ななごうしゃ　　　　　　　　していせき
車です。禁煙車は、1号車、2号車と10号車、グリーン車の禁煙席は、
　　　きんえんしゃ　　　　　　　　　　　　　　　　　　　　　きんえんせき
12号車の10番から17番までです。食堂車は8号車です。えー、電話室
　　　　　　　　　　　　　　しょくどうしゃ
は7号車と9号車にあります。洗面所は1両置き、くず物入れは洗面
　ななごうしゃ　　　　　　　　　せんめんじょ　　りょうお　　　い　　　　せんめん
所側のデッキにあります。くず物はその中にお入れくださるよう、お願
じょがわ　　　　　　　　　　　　　　　　　　　　い　　　　　　　　　　　ねが
いいたします。御用の折は、車掌車内通りました際にお申し出くださ
　　　　　　　ごよう　おり　　しゃしょうしゃないとお　　　さい　もう　で
い。車掌室は7号車と12号車にございます。
　しゃしょうしつ　ななごうしゃ

　　お客様にお願いします。最近、車内での盗難事故が増えておりま
　　きゃくさま　ねが　　　　　さいきん　しゃない　　とうなんじこ　　ふ
す。貴重品には十分ご注意くださるようお願いします。次は名古屋、
　きちょうひん　じゅうぶんちゅうい　　　　　　　　ねが　　　　　　　なごや
9時52分に着きます。
くじ　ふん　つ
（チャイム）

　　ご乗車、お疲れ様でございました。あとおよそ5分で京都に到
　　じょうしゃ　つか　　　　　　　　　　　　　　　　　ふん　きょうと　とう
着です。お忘れ物のございませんよう、お支度ください。
ちゃく　わす　もの　　　　　　　　　　　したく

13. 犯人捜し
はんにんさが

刑事　　二人組だったんですね。
けいじ　ふたりぐみ
女1　　ええ。一人は女の人だったみたいだけど、近頃は、ちょっと見
　　　　　ひとり　　　　　　　　　　ちかごろ
　　　　ただけじゃ、男か女かわからないからねえ。
女2　　そうねえ。でも、何か女の人みたいでしたよ。こう、細おもて
　　　　　　　　　　　なん　　　　　　　　　　　　　　ほそ
　　　　でね、ちょっと髪、茶色っぽかったかしら。
　　　　　　　　　　かみ　ちゃいろ

女1　光線の加減じゃない？　そんな、染めてるってほどじゃあ……。

刑事　あのう、それじゃあ、背の高さはどれぐらいでした。

女1　一人はだいぶ高かったと思います。太ってはいなかったけど。

女2　うん、もう一人の方は、低かったわねえ。

刑事　ふーん、じゃ、そのあのう、低い方は、どんな服装でした。

女1　ジーンズに、ほら、釣りする人がよく着るようなベスト、ポケットのいっぱいついた。

女2　そうそう、ベージュの。ダウンベストっていうんですか、それ着てましたよ。

女1　男の方はね、ひげはやしてました。

刑事　ほう、あごひげですか。

女1　いえ、口ひげ。クラーク・ゲーブルみたいなの。それで、アタッシュケース持って、サラリーマンかセールスマンのようでした。

刑事　じゃあ、背広でしたか。

女1　いいえ、あ、中には背広着てたかもしれないけど、上はトレンチコートでした。

刑事　トレンチコートねえ。

女2　ええ、それで、サングラスまではいかないけど、〔うん〕こう、色のついためがねかけてたわね。

女1　うん、あんまりいい感じじゃなかったわね。

刑事　じゃあ、そのダウンベストを着た女性はいくつぐらいだったかわかりますか。

女1　うーん……あたしたち、ちょっと離れてたしねえ……20代っていえばそうもみえるし、30代っていえば……ねえ（女2に同意を求める）。

女2　そうねえ、あんまりはっきりはわからなかったわねえ。

女1　男の方は……あー、やっぱりよくわかんないけどね、中年じ

　　　ゃなかったわね、おじさんって感じじゃなかったから。

刑事　髪型は?

女1　女の方はショートカット、パーマっ気なし。男は長めだったと
　　　思います。

女2　あ、もしかしたら、若いのかもね、あの二人。

女1　そうだ。20代の初めって見えないこともないわ。(刑事に)あ
　　　あ、すいませんね。はっきりいって、年はよくわかりません。

刑事　そうですか……いや、いろいろありがとうございました。えー、
　　　たいへん参考んなりました。

女2　あ、刑事さん、ちょっとあがってお茶でも……。

刑事　あ、ありがとうございます。でもね、これからまた、聞き込み
　　　に歩かなくちゃいけませんから……あ、どうも。

女1・2　ああ、どうも。

14. 引っ越し

(電話の呼び出し音)

引っ越しセンター　はい。東京山手引っ越しセンターです。

客　あのう、今度の日曜日に引っ越ししたいと思ってるんですけど、
　　いくらぐらいかかるか、ちょっと……。

引　はい、えー、お宅はどちらでしょう。

客　今いる所ですか。〔はい、そうです。〕えと、市ケ谷です。

引　えー、で、お引っ越し先は?

客　石川県の、金沢市です。

引　あ、そうですか。えーとですね、(調べる)石川県ですと、基本
　　料金5万1千円ですね。

客　基本、料金ていうと?

引　ええ、あの、お荷物数 30 個までのことです。超過1個ごとに
　　千円増しんなりますから。

客　あの、オートバイなんか、どうなるんでしょうか。

引　オートバイは特殊荷物んなりますから……そうですね、あ、何cc
　　ですか。

客　250です。

引　はい。えー、では、2万3千円かかりますね。

客　はい。それじゃあ、それでお願いします。

引　よろしいですか。〔はい〕えー、それでは、郵便番号から伺わし
　　てください。

客　はい。えーと、郵便番号102、千代田区四番町4、みかわたか
　　お。

引　はい。えー、どんな字を書きますか。

客　三つの川に、高い低いの高、それに男という字です。

引　はい。えー、郵便番号102、千代田区四番町4、〔はい〕え、
　　これはお荷物のある所ですね。

客　はい。そうです。

引　三川高男様。えー、現住所のお電話番号は？

客　はい。えーと、238-4025です。

引　はい、えー、238-4025ですね。今いらっしゃるお部屋の広さはど
　　のくらいですか。

客　えーと、6畳と、3畳の台所です。

引　えー、それとですね、荷受人はどなたになさいますか。

客　は？

引　荷受人です。えー、荷物の受け取り人ですね。

客　ああ、あのー、母にしてください。え、三川洋子です。え、洋子
　　は、太平洋の洋に、子供の子。

引　はい。えー、三川洋子様ですね。で、えー、そちらのご住所
　　は？

客　はい。えー、石川県、金沢市、本町2－36です。

引　はい。お電話番号もお願いします。

客　はい。え、0762-65-0077です。

引　はい。0762-65-0077。〔そうです〕はい、わかりました。えー、それでですね、お荷物、だいたいいくつぐらいになりそうですか。もう荷造りおすみですか。

客　いえ、まだなんですが、あ、そうですねえ、と、30個以内でおさまると思います。それとオートバイ。

引　はい。それで、今度の日曜日といいますと、3月27日ですね。〔はい〕午前と午後と、どちらの方がご都合よろしいでしょうか。

客　あのう、午後にしていただけますか。あのう、何時頃んなるんでしょう。

引　えー、ちょっと今はっきり申し上げられないんですが、詳しい時間につきましては前日にわかりますから、こちらからお電話させていただきます。〔すいません〕はい。え、それからですね、もし、引き取り日を変更なさる場合は、早めにこちらまでご連絡ください。〔はい〕キャンセルの場合は前日ですと、基本料金の10％、当日は20％かかってしまいますので。

客　はい。あのう、金沢にはいつごろ着くんでしょうか。

引　はい。えー、後ほど荷物の到着希望期間をうかがうこととんなっておりまして、その期間内に配達する予定です。ただですね、3月末は、たいへん混雑いたしますので、若干遅れが出る恐れがございますが。〔あ、そうですか〕えー、それからですね、貴重品や重要書類は、万一の事故の時、保証しかねますので、お持ちください。〔はい〕えー、それと、家具類は、配送センターで梱包いたします。これは無料ですから。

客　あのう、冷蔵庫なんかは？

引　あ、それもこちらでいたします。すべて中身を空の状態にしといてくださいね。〔わかりました〕その外の、ご自分で作るお荷

　　　　物には、1つにつき1枚、荷札をはずれないように、つけるか貼るかしておいてください。

客　　　はい、わかりました。え、じゃー、27日、よろしくお願いします。

引　　　はい、かしこまりました。ありがとうございました。

（電話を切る音）

索　引

い

イントネーション　　37–55, 57–58

お

音節　　5
音変化　　67, 68

け

敬語　　61

き

強調　　21–24

し

縮約形　　16, 64–68

す

数字の読み方　　8–9

そ

促音　　62

ち

－ちゃ（じゃ）　　64
－ちゃう（じゃう）　　64, 65
長音　　63

て

－てく（でく）　　66
－てる（でる）　　66

と

－とく（どく）　　65, 66

な

長降　　39, 42, 47, 57
長平　　38, 39, 41, 45, 57, 58
長昇　　38, 39, 40, 47, 57

は

撥音　　67

ひ

表現文型　　21–22

ふ

プロミネンス　　19–35, 37, 57–58

ほ

ポーズ　　6, 19–21

み

短平　　39, 40, 41, 42, 47, 57, 58
短昇　　38, 40, 45, 57
ミニマルペア　　vii, viii

よ

弱平　　39, 42, 45, 57, 58

り

リズム　　5–18, 57–58

著 者 紹 介

土岐 哲（とき・さとし）
　　1970年早稲田大学文学部日本文学科卒業。国際学友
　会，アメリカ・カナダ十一大学連合日本研究センター
　講師，プリンストン大学東アジア学系日本語科客員講
　師，東海大学留学生教育センター助教授を経て，現
　在，名古屋大学総合言語センター日本語学科助教授。
　著書に，『聞き方の教育』（NAFL Institute），論文に
　「教養番組に現われた縮約形」（『日本語教育』28），
　「日本語音声教育の変遷」（『日本語学』33）他がある。

村田水恵（むらた・みずえ）
　　1983年上智大学大学院外国語研究科言語学専攻博士前
　期課程修了，文学修士。現在，上智大学比較文化学部
　講師。論文に，"Morphological Investigations of
　Japanese"，「初級漢字の選択基準」他がある。

NOTES

NOTES

NOTES

NOTES

NOTES

外国人のための日本語
例文・問題シリーズ12
『発音・聴解』練習問題解答

第1部　発　　音

第1章　リズムの基本

第3節　リズムの練習

応用練習1

1. B：ええ と、はち じ よん じゅう はっ ぷん です。

2. B：「おは よう ご ざい ます」で しょう ねえ。

3. B：そう です ねえ。くす りを のん で はや く ね ます ねえ。

4. B：ほん を よん だり、テレ ビを み たり です けど。

5. B：ええ と、ア バー トの おば さん と やま だ さん と それ から クラ スの せん せい。

応用練習2

店員：いらっしゃいませ。

客　：この……ねえ、Aランチください。

店員：はい、パンとライスと、どちらにいたしましょう。

客　：ごはんください。

店員：はい、ライスでございますね。〈ええ〉おのみものは。

客　：んー、コーヒーください、アメリカンで。

店員：はい、かしこまりました。しょうしょうおまちくださいませ。

第2章　プロミネンス

第4節　プロミネンスの練習

応用練習1

1番　B：1. ああ、（あしたですか）。　2. ああ、（くるんですか）。

2番　B：1. ああ、（あしたもですか）。　2. ああ、（ありませんか）。

3番　B：1. ああ、（パンもですか）。　2. ああ、（たべたいんですか）。

4番　B：1. ああ、（はやくおきたらですか）。　2. ああ、（いくんですか）。

5番　B：1. ああ、（いまからですか）。　2. ああ、（まにあいますか）。

応用練習3

1番　A：1.（あしたです）。　2.（もりさんです）。　3.（とうきょうです）。

2番　A：1.（1時半からです）。　2.（会議室です）。　3.（打ち合わせです）。

3番　A：1.（試験です）。　2.（あさってです）。　3.（延期されたんです）。

4番　A：1.（テレビです）。　2.（見えなくなったんです）。　3.（電気屋さんです）。

5番　A：1.（妹と）。　2.（買い物）。　3.（だから、僕ひとりで映画を見たの）。

第4章　複合練習

答えはそれぞれ次のような意味・内容に聞こえる。

1番　(1)＋{1}：「あしたはだめでも外の日ならいいのか」と聞こうとしている。

(2)＋{2}：本当に「だめだ」と言ったのかを確かめている。

(3)＋{3}：本当に「言ったのか」と確かめている。

2番　(1)＋{1}：　時間がないのは「(これから) 1週間か」と聞いている。
　　　(2)＋{2}：　「時間がない」と答えたのかと聞いている。
　　　(3)＋{3}：　確かにそう答えたのかどうかを確かめている。

3番　(1)＋{1}：　まず「まちへ行く」と言ったことを伝えている。
　　　(2)＋{2}：　「本を買ってくると言った」と伝えている。
　　　(3)＋{3}：　確か「買ってくる」と言ったはずだと思い出しながら言っている。

4番　(1)＋{1}：　これは「大事なことだから」すぐには答えれないと言っている。
　　　(2)＋{2}：　「友達にもよく相談しなければならない」と言っている。
　　　(3)＋{3}：　「相談してから」でないと答えられないと言っている。

第2部　聴　解

第1章　予　備　練　習

1. 敬　語 1. 作りましょうか　2. 使えません　3. 調べるんですか
4. 書き込んで　5. 出して　6. 待って　7. 使いましたか　8. 預けましたか　9. 引き出した、いくらぐらいでしたか　10. 振り込んだ

2. 促音（小さい「っ」） 1.(2)　2.(2)　3.(3)　4.(2)　5.(2)　6.(2)
7.(2)　8.(2)　9.(3)　10.(4)　　1. きって、はって　2. さんじゅっぷん、まった　3. さっき、ずっと、いってる　4. けっこう、すわって　5. しってる、あわなかった　6. もってる、おもってる　7. きった、わかった　8. さっき、びっくり　9. ちょっと、あっためて、もらって　10. いっしょ、いっしゅうかん、ほっかいどう、いって

3. 長音「う/お」 1. きょうと（京都）、こうべ（神戸）　2. おしょうがつ（正月）、コート　3. けんきゅうしつ（研究室）、ごごうかん（五号館）
4. こうりゅう（交流）、じゅうようせい（重要性）　5. たいふう（台風）、きゅうしゅう（九州）、じょうりく（上陸）　6. じんこう（人口）、ゆうめい（有名）　7. ぶんぼうぐや（文房具屋）、ふうとう（封筒）　8. けんこうほう（健康法）、じっこう（実行）　9. ぶっきょう（仏教）、キリストきょう（教）、しゅうきょう（宗教）、べんきょう（勉強）　10. こうこう（高校）、ろうにん（浪人）

4. 縮約形 Ⅰ. 1. 聞いては　2. 忘れては　3. 高くては　4. 熱くなくては　5. 帰っては　6. 来ては　7. 待っては　　Ⅱ. 1. 帰って　2. こわして　3. 聞いて　4. 読んで　5. やって　6. やらせて　7. 食べられて　8. わかって　9. 飲んで　10. 会って　　Ⅲ. 1. 聞いて　2. して　3. 置いて　4. つけて　5. 受け取って　6. 話して　7. 寝かせて　8. 買って　9. やって　10. 入れて　　Ⅳ. 1. 来ている、来ている　2. 読んでいます　3. 住んでいる　4. やっている　5. わかっている　6. いただいていこう　7. もらっていかない　8. 休んでいこう　9. 待っていて

10. 食べていく　11. 聞いていた　12. こんでいて　13. 飲んでいった
14. 持っています　15. 知っている

5. **音変化**　1. かからない　2. 足りない　3. たまらなかった　4. 来る
5. いられない　6. 友達のとこ　7. 忘れられない　8. かかったので　9.
きれいになった　10. 信じられなかった　11. 来られない　12. 先生にな
るの　3. わからなかったものです　14. 着られないもの　15. バッグの
中、入ってるじゃない

6. **総合練習**　1. すいている、すいている　2. 言っていた　3. 何時ごろ
になる　4. 先生の所に行ったのよ　5. 参考になりました　6. 着ていま
したよ　7. お試しになって　8. 時間がないので

第2章　総合問題

1. **病院で**　1. o　2. e　3. i　4. f　5. a　6. j　7. h　8. k
9. d　10. c　11. g　12. m　13. l　14. n　15. b

2. **いろいろな店で**　場面1. 果物屋　1. ×　　場面2. 花屋　1. ○
2. ×　　場面3. レストラン　1. ×　2. ×　　場面4. プレイガイド
1. ○　2. ○　3. ×　　場面5. ブティック　1. ×　2. ○　3. ×　4.
○　5. ×

3. **けが**　1. ×　2. ○　3. ○　4. ×　5. ○　6. ○　7. ×

4. **家捜し**　4

5. **築地**　場面1. 1. ×　2. ○　3. ○　　場面2. 1. ×　2. ○
3. ×　4. ○　5. ×　6. ○

6. **苦情**　1. ×　2. ×　3. ○　4. ○　5. ×　6. ×　7. ○

7. **天気予報**　練習　1. f　2. c　3. b　4. a　5. a　6. e　7. j
8. f　9. g　10. i

	天　気	気　温
きょうの日中	曇り	低い、20℃以下
今夜	曇り所により一時雨	
あした	曇り	きょうよりずっと低い

8. 旅行(1)—計画 1. × 2. × 3. ○ 4. × 5. ○ 6. × 7. ○
8. × 9. ○ 10. ×

9. 旅行(2)—民宿の予約

	宿　泊　費	食　事	客室の有無(○/×)		
			12日	13日	14日
すぎのや	1泊 5,500円から	2食付	×	×	○
や　ま　と	1泊 3,200円	朝食付	○	○	

10. 旅行(3)—時刻表

7：30	東京駅「銀の鈴」で会う。
8：00	ひかりに乗る。
10：40	京都に着く。
11：08	京都で奈良線に乗り換える。
12：12	奈良に着く。

11. 旅行(4)—JR窓口 1. 奈良までの乗車券(自由席)3枚と特急券3枚。
2. 33,960円。

12. 旅行(5)—新幹線

電車名	ひかり3号		行き先	博　多	
到着時刻	名古屋 9：52 ➡京都 10：40 ➡新大阪10：56 ➡岡山 11：49 ➡広島 12：36 ➡小倉 13：36 ➡博多 13：57				
自由席	1 ～ 7 号車		指定席	9 ～ 16 号車	
グリーン車	11、12 号車		禁煙車	1、2、10 号車	
グリーン車禁煙席	12 号車 10 ～ 17 番				
食堂車	8 号車		電話室	7、9 号車	
洗面所	1両おき		くずもの入れ	洗面所側のデッキ	
車掌室	7、12 号車				

13. 犯人捜し　6、7
はんにんさがし

	男	女
顔 かお	口ひげ、色のついためがね	細おもて ほそ
髪　型 かみ　かた	長め	ショートカット、パーマっ気 なし、茶色っぽい
背の高さ	高い	低い
服　装 ふく　そう	トレンチコート	ジーンズ、ベージュのダウン ベスト
年　齢 ねん　れい	わからない、中年ではない ちゅうねん	わからない

14. 引っ越し
ひ　こ

申し込み者氏名 もう　こ　しゃしめい	三 川 高 男			
現住所 げん	〒102 千代田区四番町4 電話 (03) 238－4025			
引っ越し日 ひ　こ	3 月 27 日		午前・午後 ごぜん　ご	
引っ越し先 ひ　こ　さき	石川県金沢市本町2-36			
荷受人 に　うけにん	三 川 洋 子 電話 (0762) 65－0077			
荷 物 数 に　もつ　すう	30個以内	料金 りょうきん	51,000円	
特殊荷物 とくしゅ	オートバイ250cc	料金	23,000円	
		合計 ごう	74,000円	

發音 ・ 聽解

＊ 本書附ＣＤ，不分售 ＊

每套定價：400元

1989 年(民國 78 年) 6 月初版一刷
2005 年(民國 94 年) 9 月初版三刷
本出版社經行政院新聞局核准登記
登記證字號:局版臺業字 1292 號

著　　者：平林周祐、浜由美子著

發　行　人：黃成業

發　行　所：鴻儒堂出版社

地　　址：台北市中正區 100 開封街一段 19 號二樓

電　　話：23113810・23113823

電話傳真機：23612334

郵 政 劃 撥：01553001

E － 　mail：hjt903@ms25.hinet.net

※版權所有・ 翻印必究※

法律顧問:蕭雄淋律師

本書凡有缺頁、倒裝者，請逕向本社調換

本書經荒竹出版株式會社授權鴻儒堂出版

在台印行，並在台、港地區銷售。

鴻儒堂出版社於＜博客來網路書店＞設有網頁。
歡迎多加利用。
網址 http://www.books.com.tw/publisher/001/hjt.htm